初心 使命 奋斗

——巴渝革命烈士诗文选录

中共重庆市委党史研究室 编

徐塞声 主编

徐光煦 简奕 副主编

简奕 陈玲娜 文俊 高大红 编辑

西南师範大學出版社

国家一级出版社 全国百佳图书出版单位

图书在版编目(CIP)数据

初心　使命　奋斗：巴渝革命烈士诗文选录 / 中共重庆市委党史研究室编. --重庆：西南师范大学出版社，2019.6(2020.7 重印)

ISBN 978-7-5621-9815-4

Ⅰ. ①初… Ⅱ. ①中… Ⅲ. ①诗集—中国—现代②散文集—中国—现代 Ⅳ. ①I216.1

中国版本图书馆 CIP 数据核字(2019)第 099394 号

初心　使命　奋斗——巴渝革命烈士诗文选录

CHUXIN SHIMING FENDOU BAYU GEMING LIESHI SHIWEN XUANLU

中共重庆市委党史研究室　编

责任编辑：李浩强

装帧设计：尚品视觉 CASTALY

排　　版：重庆大雅数码印刷有限公司·杜霖森

出版发行：西南师范大学出版社

地址：重庆市北碚区天生路 2 号

邮编：400715

网址：http://www.xscbs.com

市场营销部电话：023-68868624

印　　刷：重庆荟文印务有限公司

幅面尺寸：170mm×240mm

印　　张：17

字　　数：245 千字

版　　次：2019 年 6 月第 1 版

印　　次：2020 年 7 月第 2 次

书　　号：ISBN 978-7-5621-9815-4

定　　价：45.00 元

永不凋零的精神之花
（代序）

这是一本巴渝革命烈士的诗文选录。

这里所指的巴渝革命烈士，主要是重庆籍或战斗、牺牲在重庆的革命烈士。这是一个群星辉映、光彩夺目的群体。在逝去的岁月中，在时间的长河里，在崇高的烈士称谓加诸其身之前的历史第一现场里，他们也是真实生动的人，会哭、会笑、会歌唱，富有亲情、爱情。他们普通，真实，却又不凡，是傲骨铮铮的脊梁和最深、最重的精神力量。

理想之光不灭，信念之光不灭。

翻阅着烈士们当年用生命和热血写就的文字，触摸着烈士们绵绵不绝的精神脉动，我们的心灵能够感受到强烈的震撼。

那是杨闇公“此身不死，必见光明”的信念之光。

那是赵世炎“共产主义万寿无疆”的理想之光。

那是李蔚如面对敌人何以入党质疑时“四川有几人配当共产党”的骄傲。

那是何功伟献身真理，“纵刀锯斧钺加诸颈项，父母兄弟环泣于前，此心亦万不可动，此志亦万不可移”的矢志不移。

那是罗世文和车耀先“高扬我们的旗帜”的百折不挠。

那是歌乐山军统集中营的难友们在最后时刻用生命写出“狱中意见”的赤胆忠心。

那是牛正声视死如归，“炮弹穿过心胸，好似清风吹过胸中”的淡然。

那是叶挺“在烈火和热血中得到永生”的豪情。

那是刘愿庵对周敦琬的柔情：“你的心是紧紧在我的心中的，我最后一刹那的呼吸，是念着你的名字。”

……

篇篇诗文，凝结出共产主义理想信念的精神之花。

篇篇诗文，显示出革命者至情至爱的人性之美。

伟大的事业激发伟大的精神，革命先烈永载史册的伟大精神光耀中华，引领来者。

历史是最好的教科书。习近平总书记在2019年视察重庆时指出，重庆是一块英雄的土地，涌现了大批大义凛然、高风亮节的共产党人。要求我们要运用红色资源，教育引导广大党员、干部坚定理想信仰，养成浩然正气。阅读烈士的诗文，我们读到了初心，读懂了使命，更读出了奋斗。

在开展“不忘初心、牢记使命”主题教育之际，在举国上下即将隆重庆祝中华人民共和国成立70周年之际，我们谨以此书的出版，向所有为中国人民的幸福，为中华民族的复兴奉献了生命的革命先烈致敬！

目录

漆南薰

（1892—1927）

噫！去年之今月今日

冷雨凄风！

何处招魂！

一九二六年五月三十日

今天是什么日子？是五月三十日。去年之今月今日，是我爱国同胞，在上海中弹殪命之时；是我学子市民，伏尸累累之节。噫！南京路上，血痕滴滴；黄浦江畔，逝水咽咽！我心凄怆，我心碎破。此情此景，我岂得忘咧！我铭心刻骨都不忘的。

英囚帝国主义者！尔非人类乎？尔竟忍心以枪弹向我手无寸铁之学子市民下毒手乎？说聚众为扰乱治安，说讲演宣传就是捣乱，竟以枪弹从事。尔今岁本国罢工至数百万众，其聚众扰乱情形，远在去岁上海之情形数百倍以上，没有见尔用枪炮来轰击群众乎？就至于军队与群众冲突，亦仅逮捕了事，何以尔偏用此野蛮手段来施于我上海爱国同胞乎？咥！亏得尔平素自诩为最讲政治精神之国家，自矜为文明国家，自经去岁五卅事件揭破后，才晓得汝是挂羊头卖狗肉的恶魔、狞鬼。吃人无厌、强暴横恣，就是汝最适当之称号，就是汝实在之行为。

不单是上海一处汝示其凶狞之面目，俄而汉口、沙基、九江等处，又见汝逞其狠毒之手段，我同胞毙于汝弹下者，又数十。英囚英囚！尔真极人间之恶事了。惟汝为最野蛮国最横暴国家，汝以外，再没有第二国了。

汝为何这样凶横，这样残毒。哦！我知道了。我国之一概特权，是应该汝享受；一部不平等条约，是应该束缚于我身。再具体言之，租界是汝应占据的；关税自主权，是我们应与汝限制的；治外法权，是应该汝保有；全国航业，是应该汝来侵略；关税盐税，是应该汝来把持。在我国开工场来卖货，是汝之自由任意；买通卖国军阀来祸我们，是汝顶高明之神通。眼看着经济侵略、政治侵略、武力侵略，一齐袭来，致我于贫乱交乘、纷无止境，我只有忍受的、容忍的，不能反抗的、不敢反抗的。若又反抗，便为大逆不道，便为过激，便为“赤化”。你便说：“蠢尔野蛮人种，牛马奴隶，汝敢在太岁头上动土，老虎嘴上拔须，非迎头痛击不可，非格杀勿论不可。”在这种蛮横心理、顽固心理状态之下，于是我青年学子死矣。如要援助内外纱厂工人，便是牺牲自己生命；如要于五卅日在英租界游行讲演，便是举枪自杀。此就是去岁五卅案之起因，此即是五卅起事之真象［相］。

然而人类是解放的历史，自由是压迫的反响。共和幸福，是赤血购来的；独立平等，是生命来换得的。哪有盛极不衰之国家，哪有终久屈服之民族！我曾见法兰西举革命之旗、苏俄揭独立之帜，是对内的；又曾见美利坚之宣布独立、土耳其之抗拒列强、埃及得自主之权、波兰复已覆之邦，是对外的。他们都尚且能拼命，难道我们为炎黄子孙，反无坚决之牺牲精神？我们是已觉悟，已经觉悟到十二万分，那确打不倒的英帝国主义？我们如要进攻，他的无产工人在内夹攻，我们联合世界弱小民族在外冲锋，第一着打破不平等条约以祭旗，然后犁庭扫穴的对付卖国军阀与帝国主义。我们五卅死难诸烈士在天之灵，已在佑我，佑我们旗开得胜，马到成功。

（一）巍巍昆仑，
浩浩长江，
是我四万万人之故乡。
五卅惨案，黄浦悲声，
是英人摧残我志士，压迫我民族，倾覆我家邦。
吾惟以“坚决”，“奋斗”，“牺牲”自誓，
并以最大众，一致冲锋前进，
废除不平等条约，
打倒英日帝国主义，
以保我国家。
金瓯无缺，
万寿无疆。

（二）太平洋卷起了怒潮，
扬子江澎涨了狂涛，
血染洞庭湖，
蹴破昆仑巅，必死决心，
是我们决心必死。
愿我四万万同胞，
成城众志，众志成城，
来摧大敌除大憝，
去死中求活绝处求生。

烈士事迹

漆南薰出生在江津区李市镇的一个书香门第。早年赴日本留学，对政治经济的研究情有独钟。回国后，他在上海继续从事关于中国经济问

题的研究和著述。

尽管漆南薰不是马克思主义者，但他非常信服马克思对资本主义本质的研究。1925 年春，他完成了长达 30 万字的《资本帝国主义与中国》一书，采用马克思派学理解释中国经济问题，阐释了资本帝国主义的性质，用大量无可辩驳的史实揭露了资本帝国主义列强对中国进行经济侵略的真相。这是一部努力以马克思主义为指导，论述中国经济问题的“巨大的著作”。

正因如此，漆南薰的好朋友郭沫若接到书稿后，“不仅一口气就将他读完”，而且“欣然同意为之作序”，还建议将书名改成《帝国主义铁蹄下的中国》。后来，马寅初觉得书名太刺目了，才换成《经济侵略下的中国》，并正式出版。

《经济侵略下的中国》一出版，即被抢购一空，几乎在当时造成洛阳纸贵的局面，人们从中了解到许多闻所未闻的帝国主义经济侵略事实，许多进步青年正是读了这本书，校正了人生的奋斗目标，毅然投身到反对帝国主义和封建主义的行列中去。

1926 年初，漆南薰应友人之邀，回到重庆出任《新蜀报》主笔。

这时的重庆，正值国共合作。但是，国民党左、右派斗争十分激烈，思想战线上马克思主义与国家主义正在展开激烈的较量。漆南薰立即投入这场斗争，几乎每天都为该报写一篇“时评”或政论文章，他坚决站在人民一边，用犀利的笔锋抨击时弊，揭露帝国主义和封建军阀祸国殃民的罪行，系统地阐述孙中山“联俄、联共、扶助农工”三大政策，牢牢地把握着革命的舆论导向。

与此同时，他以国民党左派的身份，在中共重庆地委的领导下，积极组织群众开展了一系列革命斗争，他是“重庆五卅惨案周年纪念会”负责人之一、“北京惨案重庆后援会”的委员，他还是 1927 年 3 月 31 日重庆各界反对英美炮击南京市民大会的总主席……

四川反动军阀对漆南薰的革命行为切齿痛恨，欲置之死地而后快。

1927 年 3 月 30 日晚，反动军阀放出风声，要对第二天的市民集会进行镇压，并抓捕共产党人和国民党左派。杨闇公和中共重庆地委认为，共产党人不能被敌人的威胁吓倒，决定大会照常举行。

面对如此险恶的处境，亲朋好友劝漆南薰不要参加大会，而他却坚定地说："怕什么！百年的老公鸡只死一回！"夜深人静时，妻子更是苦苦劝他第二天不要出门。漆南薰耐心地宽慰妻子说："不用害怕，不打倒军阀，白活着也没有意思。"妻子仍不让他赴会，干脆就守在他的床边。31 日凌晨，一夜未眠的漆南薰见守候的妻子疲倦得睡着了，便悄悄起身，提着鞋，赤着脚，轻轻地走出了家门……

漆南薰这一去没能回来。

31 日的大会刚开始，他即被暴徒殴伤，拖至两路口荒郊。残忍至极的暴徒敲掉了他的牙齿，割掉了他的舌头，用大刀把他剁成数段，弃于荆棘杂草之中。

这位颇有影响的四川国民党左派、著名的经济学家就这样惨死在反动军阀的屠刀下了。

"人生自古谁无死，留取丹心照汗青。"对漆南薰而言，他死得其所，虽死犹荣，人们将会永远怀念他。

（陈全）

杨闇公

（1898—1927）

日记选录

谈奋斗

精神的痛苦，无法驱除。左右的环境，又如潮的压迫而来，处此域中，惟有奋斗。此身不死，必见光明。

1924年4月17日

对团员的读书工作要求

有思想的人们，决不会盲从的；有强有力的意志的，必具有特殊的反抗性；除俯首于真理外，决不会屈服于任何势力之下的。能具有这种资质，才能说得上从事革命来。因革命途上跬步之外，皆是敌国，稍不加思考，就会堕入敌人的陷坑中的；意志力薄弱了，就会屈服在一种强力之下的。青年的人们呀！思考力要强，就非多读书不可；意志力要强，就非认识明晰不能够。责任大嘞！不是过说能尽责的，要做才能达到的。每天最少都要读两个钟头的书，才能完成使命的呵！

1924年11月1日

烈士事迹

杨闇公，著名革命烈士，100位为新中国成立作出突出贡献的英雄模范人物之一，共产主义运动先驱者，四川党组织主要创建人和大革命运动主要领导人，四川首个统一领导全川的党组织——中共重庆地方执行委员会书记，曾领导著名的泸顺起义。1927年“三三一”惨案后不幸被捕。面对敌人的利诱和严刑，他坚贞不屈，大义凛然，坚信“共产主义事业一定会在全中国实现的!”4月6日临刑前，他高呼“打倒帝国主义!”“打倒军阀!”“中国共产党万岁!”，被敌人割其舌、断其手、剜其目，最后身中三弹，壮烈牺牲于重庆佛图关。

一、勇敢实践，独立创建马克思主义政党

杨闇公是潼南双江镇人，他从小天资出众，很早就显露出非凡才能、过人胆识和坚强意志。15岁时即赴南京加入江苏军官教导团，并加入国民党。18岁那年，他投身反袁斗争，深入险地劝说担任江阴炮台要塞司令的好友及官兵起义，事泄遭围，岌岌可危，幸而隐身江边渔船脱险。反袁失败后，1917年他东渡日本求学，初步接触到马克思主义。五四运动时，与留日同学和爱国华侨到中国驻日公使馆请愿示威，抗议巴黎和会决议，由此被囚禁8个月。1920年返回四川成都，先后结识吴玉章、恽代英、童庸生、刘伯承等人，开始寻求新的革命道路。此后三年，他经过反复比较与思考，终于在漫漫探索中选择了共产主义。

在此过程中杨闇公和吴玉章等人萌生了创建无产阶级政党的想法，开始筹建中国YC团（又被称为中国青年共产党）。1924年1月12日，中国YC团在成都娘娘庙街24号杨闇公的住所宣告成立，杨闇公和吴玉章、刘仲容、张保初、廖划平、傅双无等6人被选为负责人。中国YC团

的机关刊物为《赤心评论》。

成立会议上大家讨论通过了《中国YC团纲领》和《中国YC团章程》。《中国YC团纲领》提出了“采取马克思主义的革命方式，实行社会革命”的政治主张和无产阶级专政的历史使命，并深入社会宣传马克思主义，开展反帝反封建斗争。《中国YC团章程》则基本遵循马克思主义建党原则，对团员、组织机构、纪律及职权等做了具体的规定。比如在组织上，“横的方面少数服从多数，纵的方面下级服从上级”。《纲领》和《章程》都表明中国YC团的无产阶级政党性质。

杨闇公对中国YC团倾注了极大热情，他亲自为《赤心评论》撰写文章，又组织“社会主义研究会”，主持纪念“五一”的追悼列宁大会，精心呵护它成长。不久，成都局势恶化，杨闇公于1924年6月赴上海寻求中共中央的指导，8月返渝参加重庆地方团的工作，致力于中国YC团与四川各地团组织合作并成立中国共产党地方组织。

中国YC团的创建，是杨闇公和吴玉章等先进分子在四川独立创建革命政党、开展共产主义运动的一次勇敢实践。之后，当他们认识到中国共产党才是中国革命的领导核心后，又毅然宣布解散中国YC团，加入中国共产党的行列中。他们独立创建无产阶级革命政党的勇敢实践和“万流归宗”的历史过程，被权威党史著作《中国共产党历史》（第一卷）记录，以此说明中国共产党的诞生和发展是中国近代历史的大趋势。

二、创建组织，执掌四川地区首个党的统一领导机关

1924年9月，在上海接受党中央指导的杨闇公回到重庆，参加社会主义青年团重庆地方委员会的组织工作。在实际斗争中，他以卓越的领导才干和勤勉的工作作风，迅速成为重庆团地委的领导人物。他通过成立劳工互助社等合法组织团结工人群众，实现马克思主义与工人运动的结合；他通过创办《曙光》等机关刊物，积极传播革命理论，开展反帝反封建舆论宣传；他协助吴玉章在重庆开办中法学校，团结培养了大批

青年骨干，从而使重庆团地委在实际斗争中锻炼成为领导全川革命斗争的坚强核心，为在重庆建立全川统一的党组织做了思想上干部上的准备。

1925 年 7 月，以杨闇公为书记的重庆团地委向团中央报告，请求成立党组织。9 月 23 日，再次报告团中央“盼成立 CP，以便中校（即共产主义青年团）尽力发展青年运动”。但是，由于川渝地区此前党的基础太过薄弱，对于重庆能否有条件建党，中共中央始终存有顾虑。1926 年 1 月 1 日至 19 日，国民党第二次全国代表大会在广州召开，杨闇公和吴玉章、童庸生等作为四川代表出席会议。会议期间，杨闇公、童庸生等多次出席中国共产党召开的会议，商讨国共合作和在四川建立中共地方组织的问题。国民党二大结束后，杨闇公又绕道上海，向中共中央汇报工作，第三次请求在四川建立地方党组织。

1926 年 2 月，经杨闇公和吴玉章、童庸生等人的再三努力，中国共产党重庆地方执行委员会（简称中共重庆地委）在杨闇公位于重庆二府衙 70 号的家中成立，它受中共中央委托，以四川一个局部地方党的执行委员会而暂行省委职权，从此掀开了川渝人民在党的统一领导下，进行革命、建设和改革的光辉篇章。

杨闇公在会上当选为地委书记，冉钧负责组织，吴玉章负责宣传(因吴留国民党中央工作，改为钟梦侠负责)。在杨闇公的领导下，四川革命运动以重庆为中心，开始呈现出全新的气象。

三、旗帜鲜明，推动川渝大革命运动迅猛发展

杨闇公协助吴玉章整顿和改组省内国民党各级党部。他派出大量革命骨干到川中各地发展国民党左派力量，到 1925 年 10 月底，全川共建成国民党左派区分部 441 个，党员达 8000 余人，在此基础上选出出席国民党二大的四川代表吴玉章、杨闇公、童庸生等 7 人，左派占了绝大多数。最终于 1926 年 2 月建立了以他为首的国民党四川省左派临时省党部，实现了国共合作。国共合作在四川一个显著的特点，就是共产党在

统一战线中发挥了完全的领导作用，共产党员和国民党左派不仅排除国民党右派的阻挠，组成了革命的统一战线，而且完全孤立了国民党右派成立的右派省党部，充分掌握了对四川大革命的领导权。中共重庆地委通过左派省党部，旗帜鲜明地领导反帝爱国运动、泸顺起义和其他革命斗争，发挥核心作用的都是地委书记杨闇公。杨闇公把推动反帝反封建斗争作为地委的重要工作。他领导发动了声势浩大的反帝爱国运动。从1924年到1926年，德阳丸案反日运动、声援“五卅”运动、“七二”渝案反英斗争、美仁轮案反美运动等反帝斗争一浪高过一浪，特别是1926年9月5日英国军舰在长江上炮轰万县县城，造成死伤1000余人的万县惨案后，掀起的反帝运动更是规模空前，四川社会各阶层都被动员起来，并且影响扩大到全国，中共中央发出了《中国共产党为英帝国主义屠杀万县告民众书》，号召全国各地立即开展反英运动。全国学联总会根据中央指示，号召全国各地罢工、罢市、罢课，追悼万县死难民众，并定10月5日至10日为万县惨案追悼周，扩大反英宣传。上海、广州、烟台、宜昌等地工、商、法团也发出快邮代电，一时全国各大城市都发起了声援万县惨案的抗英活动，形成了全国性的爱国斗争，造成很大的声势，大批的革命骨干也在这浪潮的洗礼中成长起来。

杨闇公善于通过运动唤醒民众，他组织青年学生参加反帝反封建爱国运动，引导青年在参与社会变革中实现与工人阶级的结合；他组织成立重庆市总工会，选派党员奔赴全川各地指导工人运动，使之成为川、渝地区反帝反封建的主力军；他组织骨干分赴广大农村发动农民，组织农会，开展反封建斗争，唤醒广大农民的觉醒。短短几个月，大革命的洪流就荡涤四川全境。

重庆党组织的初创时期，虽然人数少、力量弱，但杨闇公却能把不利因素转化为有利因素，率领年轻的共产党人，把四川和重庆地区的大革命运动搞得有声有色。为此，党中央对杨闇公领导的中共重庆地委的工作大力赞扬：“川省现时是最好工作之地。四川工作同志其刻苦奋斗精神更有为别省所不及者。”

四、敢为人先，打响中共武装起义先声

杨闇公领导的泸顺起义是中共早期武装斗争的一次重大行动，起义规模大、持续时间长，被称为中共武装起义的先声。早在1926年2月，杨闇公和吴玉章在参加完国民党二大回到四川后，即以国民党左派省党部名义，从事争取和策动川军部队易帜倒戈的工作，并利用吴玉章、刘伯承等人在川军中的威望，陆续派党员到川军部队中做工作，借以发展革命力量。4月后，又分别派人与驻渝的川军向时俊等、驻泸州的袁品文等、驻顺庆的何光烈等、驻合川的黄慕颜等以及在渝的黔军各部联系；当年夏天，杨闇公以国民党省党部名义召开会议，提出“响应北伐、会师武汉”的口号，十二支师、旅级的军阀部队参会，杨闇公逐一探察各部态度，准备起义。11月中旬，杨闇公与刘伯承、朱德在重庆佛图关召开紧急会议，成立由杨闇公、朱德、刘伯承三人组成的中共重庆地委军事委员会，杨闇公兼任军委书记。

12月初，泸州、顺庆起义先后发生，这次起义规模巨大，从川军中拉出了六支军队，持续时间长达6个多月，极大地震动了四川军阀，促使他们迅速宣布易帜，有力地配合和支援了北伐战争。虽然起义最终因反动势力的过于强大而失败了，但是这次以杨闇公为首的中共重庆地委有计划、有组织的武装斗争实践，成为大革命时期中国共产党人独立开展军事斗争的一次重要尝试。同时，也在某种程度上为中共领导的“八一”南昌起义和人民军队的缔造做了人才上的准备。

但是，“革命的道路从来不是一帆风顺的”。杨闇公领导的四川大革命运动的迅猛发展，极大地动摇了四川军阀在重庆的反动统治，激发了四川军阀对他的无比仇恨。1927年3月，在蒋介石集团的支持下，四川军阀刘湘制造了震惊全国的“三三一”惨案，杨闇公当时虽然逃脱，但他不顾个人安危，继续奔走革命，不幸被捕，惨遭杀害。

五、奋斗奉献，树立共产党人精神丰碑

杨闇公早期中国共产党人中的优秀典范。他的身上，集中体现了开天辟地、敢为人先的首创精神。在中共筹备建党的前后，与党的上海发起组没有联系的一批先进分子也在独立地酝酿建党。1920 年 7 月，蔡和森在法国主张“组织共产党”，并和李维汉等人商量过“准备成立一个共产党”的事宜，因诸事繁忙终未实现。1921 年夏，恽代英等利群书社的成员在湖北黄冈开会，准备要“组织新式的党——布尔什维克式的党”，叫作“波社”。而杨闇公等人，则在成都秘密组织了中国 YC 团，发行机关报，开展革命活动，直到宣布取消，令成员个别加入中国共产党。“这些事实说明，建立马克思主义政党来领导中国革命，已经成为中国最先进分子的共同要求。”“中国共产党在 20 世纪 20 年代初的成立，决不是偶然的”！这正是杨闇公等人创建中国 YC 团壮举的历史意义所在。

他的身上，集中体现了坚定理想、百折不挠的奋斗精神。苏格拉底曾说过：“世上最快乐的事，莫过于为理想而奋斗。”杨闇公成为马克思主义者之前就倡导奋斗。而当他选择了马克思主义之后，为共产主义远大理想而奋斗，成为他终身的目标，从此坚定不渝，矢志不移。他常对人说：“人生如马掌铁，磨灭方休。”他在日记中写道：“左右的环境，又如潮的压迫而来，处此域中，惟有奋斗，此身不死，必见光明。”他之所以能够克服重重困难，在封闭落后的四川掀起轰轰烈烈的大革命运动，就是因为他有一种为革命事业勇于奋斗的精神。

他的身上，集中体现了立党为公、忠诚为民的奉献精神。自勉“个人利益不要拳拳于心”，立志“愿将赤血和热心供给无告的人们”。在他看来，共产党员就是最光荣的称号；投身到为人民服务的事业中去，就是人生最高的价值追求，为此可以不计名利，不计地位，不计得失，甚至不计生死。在他影响下，杨家为中国革命奉献了 6 个党员，五弟杨尚昆更成为国家主席。杨闇公牺牲后，老父亲杨淮清在 1927 年 4 月 11 日，亲笔写下“淮率家人痛书”，郑重告慰杨闇公英灵，称：“尔生前富贵不

能淫，临难威武不屈。知尔为国宣劳，为党牺牲，日来含笑着大礼服印在我脑筋，尔之精神不死，九泉故无遗恨矣！”这封老父亲率家人含泪泣血而成的悼书，就是对杨闇公29年光辉人生最真切的总结。

（中共重庆市委党史研究室　简奕）

李蔚如

（1883—1927）

给妻子的永诀书

诚璧细君[1]：

我今日死矣，以身殉党国[2]，理得而心安。未了之事甚多，霎时间岂能详道。兹有最不能已于言者数事，惟亲爱者察之。第一，九旬祖母，已近迟暮，望善事之，俾终天年，继母亦如是。第二，庆国幺儿稍有天资，多送求几年学，俾有普通知识，一可效忠党国，一可自谋生活。第三，我尸运到后，不要放朽了臭人，用最小棺材，穿旧衣二件，纳入其中，葬于团堡中间，掘深一丈许，紧切［砌］筑平，上不用垒冢，用石砌一方台，竖一丈许方碑，题曰“中国国民党党员李蔚如之墓”，一切迷信事皆不许作。第四，义子李栋臣可将新屋基及店租之业给之。第五，你终身生活，勉强有的，你定要宽心，毋以我为念。本欲多书几行，行刑者督催不已。总之有生必有死，无长不散之筵席，你必要想宽些。

请了请了，祝你健康。

你亲爱的丈夫李蔚如永诀书

---

[1]细君：妻的别称。

[2]党国：指党（国民党）和国家，是国民党人的习惯用语。李蔚如是革命的老国民党人，并以此身份进行活动，在这里他沿袭了国民党人的用语。

烈士事迹

1927年6月24日，涪陵县（今重庆市涪陵区）大顺场李家祠堂热闹非凡，一千多名被称作“黄泥巴脚杆”的农民代表聚集一堂，举行县农民协会成立大会，南川、綦江、巴县、长寿、丰都均派了代表参加。主席台正中挂着犁头图案的农会旗帜和孙中山画像，两边贴着大幅对联：

切肉须向厚边切；
犁头专向不平犁。

一个威武的男子走到台前，举起左手，乐队和人声顿时清静下来，他用洪亮的嗓音开始致辞：民众的敌人，帝国主义、军阀、贪官污吏、劣绅土豪、团阀，他们正在张牙舞爪，向穷苦朋友们宰割残杀……现在好了，县农民协会成立了，代表农民利益的救星诞生了！

致辞的人是君子镇、同乐镇、龙潭乡、新盛镇四镇乡八千余名农民自卫军总指挥，国民党县党部主任兼农运部部长，共产党员李蔚如。

这件事情的意义不同寻常。须知这时重庆“三三一”惨案早已发生，泸州顺庆起义已经失败，四川大革命的领导机构和主要力量都已被拥护蒋介石“清党”的军阀们摧毁，而涪陵义帜高标，说明四川还有一个坚决进行国民革命的基地存在。

这位有“挽狂澜于既倒”之慨的李蔚如，是一位老革命家。早在1905年留学日本时他就参加了同盟会，反清起义、反袁起义他无役不从，后任四川督军署参谋长兼讲武学堂堂长，授衔陆军中将，还曾一度代理省长。但是，昔日的同志、战友执掌权柄之后，大都沦为新军阀。新旧军阀连年混战，争城掠地，毫无正义可言。李蔚如愤然解甲还乡。涪陵却不是世外桃源，兵、匪、税、灾压得农民喘不过气来。他在苦闷彷徨之际，同吴玉章、杨闇公等共产党人有了接触，找到了方向，于1926年夏参加中国共产党，献身于伟大的共产主义事业。

李蔚如举办四镇乡团练传习所，按广州农民运动讲习所的课程安排，讲授政治和军事，培养农运骨干。在建立起农民自卫军以后，李蔚如从自家开刀，实行减租减息；其余地主被迫实行对分租。他创办《新涪陵报》和弋阳国民师范学校，反对缠脚，禁止蓄婢纳妾，开展妇女解放运动。……涪陵一派热气腾腾的革命景象。“三三一”惨案后，全川的革命骨干大都投奔武汉，一部分则聚集到涪陵。李蔚如认为：全川都已陷在白色恐怖中，涪陵这一小块地方的国共“合作局面”难以长久维持，要紧的是准备自己的力量。他派人到涪陵驻军郭汝栋师所属旅团去建立政治工作组织，意在配合该师随营学校学生掌握这支军队；他派人同领导泸州起义部队的刘伯承联系，邀刘率部北移，以便同涪陵形成掎角之势；他还特别致力于发展农运和农军。这些计划如果都能实现，大革命在四川当会演出威武雄壮的一幕新剧。遗憾的是不仅全川而且全国的形势都已发生逆转。在这总的形势下，泸州义军内部分裂，归于失败，李蔚如的信始终未能送达刘伯承处。狡诈的“两面人”郭汝栋尽管同军阀刘湘有矛盾，又同李蔚如有师生之谊，却同刘湘重新勾结起来，同涪陵农运也发生了直接的利害冲突。

县农民协会代表大会召开期间，刘湘军逼近涪陵。李蔚如等立即召开军事会议，部署迎击敌军。这时泸州义军失败的消息传来，涪陵农军处境险恶。郭汝栋派人给他的老师李蔚如送来亲笔密函，相约协同讨伐刘湘。众人劝阻说，对郭汝栋不能轻信。同盟会老战友、省党部领导人李筱亭主张先去武汉，再图恢复。李蔚如为了争取联郭反刘湘的一线希望，却毅然前往，结果被郭汝栋逮捕。

敌人设庭审讯，问：“你为什么要当共产党？”

李蔚如哈哈一笑，反问：“四川有几人配当共产党？”

当晚，郭汝栋抄小路将李蔚如解送重庆。7 月 8 日下午 1 时，行抵重庆黄桷垭，即被敌人杀害。临刑前，他索取纸笔，给妻子写了永诀书。又要来半瓢冷水，一饮而尽。然后令铺上红毡，从容就义。

（中共重庆市委党史研究室编：《血泪的嘱托》，重庆出版社 1996 年版）

赵世炎

（1901—1927）

远望莫斯科[1]

我们站立在巴黎铁塔顶上，
高处不胜寒，
一片茫苍苍。
翘首远望，
遥指北方，
万千风光，
令人神往！
听呵！列宁在演讲，
人民群众在拍掌，
《国际歌》响震云霄，
欢呼口号声若狂。
看呵！满天大雪，
无数红旗飘扬；
工农武装，
打倒了沙皇，
赶走了豺狼，

[1]这首诗是赵世炎在巴黎勤工俭学时所作，表达了对革命的向往。

肃清着奸匪，
保护着党。
让我们齐声高呼：
共产主义万寿无疆。

烈士事迹

“龙华授首见丹心，浩气长虹烁古今。千树桃花凝赤血，工人万代仰施英。”在忆赵世炎烈士的诗中，老一辈无产阶级革命家吴玉章高度评价了我国著名的工人运动领袖赵世炎同志。“施英”正是赵世炎在党和工会刊物上写文章时用的笔名。

1901 年，赵世炎出生在四川省酉阳县（今重庆市酉阳县）。父亲感受到那个时代的世态炎凉，希望他的小儿子能够像一团火一样去照亮这个世界，故给他取名“世炎”。

1915 年，赵世炎考入北京高等师范学校附中。其间正值新文化运动风起云涌，受陈独秀主办的《新青年》影响，赵世炎投入新文化运动中，并结识了李大钊等人。1919 年，经李大钊介绍加入少年中国学会，积极参加五四爱国运动，参与主编《平民周刊》《少年》半月刊和《工读》半月刊等进步刊物，宣传反帝反封建思想。

1920 年 5 月，赵世炎赴法国勤工俭学。1921 年春，与张申府、周恩来等发起成立旅法中国共产党早期组织，成为中国共产党党员。1922 年，与周恩来等发起成立旅欧中国少年共产党，任中央执委会书记，随后又任中共旅欧总支部委员和中共法国组书记。1923 年，赵世炎和陈延年、王若飞等带领一批青年前往莫斯科东方大学学习。

1924 年，赵世炎回国工作，先后任中共北京地方执委会委员长、中共北方区执委会宣传部部长兼职工运动委员会主任，协助李大钊领导北方各省的斗争。

1926 年 5 月，赵世炎出席在广州召开的第三次全国劳动大会。会后，党中央任命赵世炎担任中共江浙区委组织部部长、上海总工会党团书记，并兼任江浙区委军委书记。

赵世炎化名“施英”，到上海后就深入到工人群众中，号召社会各界群众发扬五卅精神，联合起来，组成革命的统一战线，以对付帝国主义的屠杀和进攻。在中共江浙区委领导和组织下，从 1926 年 6 月到 9 月，上海各界工人的罢工斗争此起彼伏，形成了声势浩大的有组织的工人运动新阶段。

1926 年 10 月，北伐军攻克武汉，革命形势进一步发展。但由于时机不成熟，上海工人的第一、第二次武装起义均告失败。1927 年 3 月 21 日，上海工人举行了第三次武装起义。在武装起义中，赵世炎身先士卒，勇敢地冲锋陷阵。经过 30 多个小时的激战，起义队伍打败了军阀部队。这是大革命时期中国工人运动的一次壮举，为北伐军在江浙战场的胜利做出了重要贡献。

1927 年 4 月，蒋介石背叛革命，发动反革命政变，大肆屠杀共产党人和革命群众。面对严重的白色恐怖，赵世炎临危不惧，坚定表示：“共产党就是战斗的党……党存在一天就必须战斗一天，不愿意参加斗争，还算什么共产党员！”

由于叛徒出卖，1927 年 7 月 2 日，赵世炎不幸被捕。他受尽严刑拷打，始终坚贞不屈。他把敌人的监狱和法庭当成讲坛，大义凛然地宣传党的主张和共产主义理想，揭露反动派的罪行。他慷慨激昂地说：“志士不辞牺牲，革命种子已经遍布大江南北，一定会茁壮成长起来，共产党必将取得胜利。”7 月 19 日，赵世炎英勇就义，把 26 岁的青春和满腔热血献给了革命事业。

在赵世炎的影响下，家里有很多人先后走上了革命道路。“先辈对我们的影响就是要坚定自己的信念，坚持自己的理想。”赵世炎之孙赵新炎说。

英烈已逝，但信仰之火永不熄灭。

（《人民日报》2018 年 5 月 8 日 第 4 版）

汪石冥

（1902—1928）

牙刷柄题壁诗[1]

（一）

当年负笈出夔关，壮志欲肩天下难。[2]
信有身心如铁石，哪怕楚子沐猴冠。[3]

（二）

横剑跃马几度秋，男儿岂堪作俘囚？
有朝锁链捶断也，春满人间尽自由。

（三）

敢从烈火炼真金，镣铐偏能坚信心？
誓舍微命留正气，残躯任尔斧钺临。[4]

（四）

莫庆南牢系死囚，众生鏖战几曾休？
铁栏杆外朝曦涌，赤帜飞扬古城头。

---

[1]这四首诗是汪石冥于狱中用牙刷柄刻在石灰墙上，由同狱的同志默记传出的。

[2]负笈：背着书箱，指外出求学。笈：书箱。夔关：夔门，指四川。肩：担负。

[3]沐猴冠：猴子穿衣戴帽，只有人的样子，终究不是真人。楚人项羽占领咸阳，韩生劝他在那里建都，项羽却想富贵还乡，让父老知道自己的功业。韩生说："有人说楚国人沐猴而冠，确实这样。"指斥项羽做国君好比猴子装人样。这里指斥反动派是沐猴而冠。

[4]残躯：被酷刑残毁的躯体。斧钺临：斧子所加，指杀死。钺，古代的一种兵器。

烈士事迹

汪石冥，四川省南川县（今重庆市南川区）人。1922 年初，考入南京大学。1926 年在武汉中央军事政治学校学习，加入中国共产党。“四一二”反革命政变后，在汉口罗家墩小学任教，并在泰安纱厂、申新纱厂等工人区域进行革命活动，建立支部，开展 1927 年底的年关斗争。后调湖北省委军委工作。

1928 年 3 月的一天深夜，在汉口的某条小巷里，突然闪出一驾马车。在马车左右，几名商贩打扮的车夫虽行色匆匆，却并不忙乱。领头的商贩边走边警惕着周遭的动静，似乎准备随时应对可能出现的突发状况。

这些商贩是何许人？为什么要深更半夜出行？他们又要去哪里？

原来，1928 年 3 月，党中央拟定了“两湖暴动”计划。在准备工作中，湖北省委派汪石冥护送一批武器给鄂东特委。为了躲过敌人的盘查，尽快将武器送达，汪石冥和同志们商议后决定趁深夜敌人松懈时，装扮成商贩将武器送出。

一路上，汪石冥和同行的战友们穿大街走小巷，同时观察着周围的情况，但一直到此次武器护送的接头地点——汉口中山大道停云旅社时，都没有任何状况发生，同志们暗暗松了一口气。汪石冥却隐隐觉得有些不安：这一路上也太过顺利了，不大对劲啊！

“不许动，你们被捕了。”随着一声叫喊，汪石冥担心的事情终于发生了。原来，一名特务打入鄂东特委内部，获悉了此次武器接送计划，并向反动当局进行了密报。反动当局首先抓捕了在停云旅社接应的同志，并撤除了汪石冥等护送武器途中所有的暗哨，目的就是让汪石冥等人自投罗网，以便一网打尽。

汪石冥被捕后被关押在汉阳监狱。在狱中，汪石冥虽受尽酷刑，却坚贞不屈，未向敌人吐露一字。回顾入党以来的战斗历程，汪石冥心潮起伏，以牙刷柄作笔，在囚室的石灰墙壁上，题下了四首气壮山河的战斗诗篇，表达了共产党员宁死不屈的坚强性格。敌人从他口中得不到一点线索，便于1928年12月10日将其杀害于汉阳。

（《汪石冥》，《中国青年报》2011年7月26日）

傅烈

（1899—1928）

狱中给妻子的信

我死了，你不要忘记我是怎样死的。你要为我报仇！要继承我底遗志，为党的事业奋斗到底！

烈士事迹

1927年，蒋介石发动“四一二”反革命政变之前，重庆就发生了反动军阀、国民党右派屠杀共产党人、国民党左派和革命群众的“三三一”惨案。当场死者数百，伤者逾千。国民党左派省党部监委陈达三惨遭枪杀；著名经济学家、国民党左派漆南薰身殉于乱刀之下。翌日，中共重庆地委组织委员冉钧复遭暗害。4月6日，中共重庆地委书记杨闇公壮烈牺牲于佛图关。消息传到武汉，革命者无不震惊。为了重建四川的党组织，中共中央先后考虑了几个人选，未得结果。后来中央选中了一个江西籍的年轻共产党人——傅烈。

傅烈，江西省临川县（今临川区）人，中学毕业后考入九江南伟烈大学，因不满帝国主义分子在这所教会学校进行的教育，次年弃学到上海长泰机器厂当学徒。1919年赴法勤工俭学，入里昂大学半工半读。1924年春，加入中国共产党。同年秋奉派赴莫斯科东方大学学习。1925

年结业，到广州，任国民革命军第三军政治部秘书。1926 年随军北伐到南昌，任中共江西省委组织部部长。

接受入川任务后，年轻的傅烈毫不犹豫，奔向了人地生疏、语言不通而且正处于白色恐怖中的四川。在血雨腥风中，他以惊人的毅力克服了令人难以想象的困难，清理、恢复受到严重摧残的党组织，在重庆建立了中共四川省委，并担任了书记。他按照中央“八七”会议精神，亲手编写了《四川暴动行动大纲》。

不幸的是，1928 年 3 月 9 日，中共巴县县委在重庆城内兴隆巷召开成立大会时，被上门收“公巡捐”的警察发现一屋男子聚集，怀疑是聚赌，当即包围搜查。因当场搜出党的文件，被认为“共案犯”。主持会议的傅烈等 9 人全部被捕。在刑讯逼供中，傅烈被灌煤油、铁丝吊拇指，但他始终坚贞不屈，以粤语回答讯问，编造假名，坚不吐实。4 月 3 日，傅烈和其他几位同志一起，被押赴重庆朝天门码头下沙嘴刑场，壮烈牺牲。

（中共重庆市委党史研究室编：《血泪的嘱托》，重庆出版社 1996 年版）

喻克由

（1896—1928）

临刑前的绝命书

母亲：

儿不肖[1]，不能奉老还山，罪甚罪甚。但此事雷、王[2]等构成儿狱，固有幸，有不幸也。幸者，儿得其死；不幸者，不见革命成功，此亦大恨事也。祉、祥[3]及妻女等，不必悲念，人生自古谁无死，留名而死亦无可恨。苏氏[4]你可守则守，不能，不如再醮[5]为愈。我的好友处，请你们与我言及，不可念我。再有团总雷绳武等，应该儿的款项，无论如何都要［偿还］。纸短话长，难以尽言。

儿　克由留言

4 月 19 日

---

[1]不肖：不贤，不像先祖。

[2]雷、王：指歌乐山地主武装团练的头目雷绳武和王彬臣。此二人是逮捕谋害喻克由的元凶。

[3]祉、祥：指喻克由的两个弟弟光祉、光祥，后均被敌人迫害而死。

[4]苏氏：喻克由之妻苏德芳。

[5]再醮：再嫁。

烈士事迹

1928年4月19日上午，重庆下半城突然戒严。一辆囚车鸣着凄厉的警笛，从军阀王陵基的卫戍司令部监狱开了出来，穿过岗哨林立、人头攒动的繁华街道，直向朝天门外的沙嘴刑场驶去。

囚车上，一位被五花大绑的年轻革命者昂首挺胸，沿途呼喊："我是喻克由！""全市人民暴动起来，打倒军阀！打倒土豪劣绅！"大义凛然，临危不惧。

喻克由，巴县高店乡（今重庆市沙坪坝区歌乐山镇）人。1923年毕业于巴县国民师范学校，后留附小任教，在那里加入了社会主义青年团，后转为中共党员。大革命时期，国共合作，共产党员以个人身份参加国民党，推进国民革命。1925年冬，组织决定喻克由回巴县筹建国民党县党部和领导农民运动。他常常头戴草帽，脚穿草鞋，不管寒冬酷暑，奔走于各乡场，向农友们宣讲受剥削压迫的根源和如何求翻身解放的道理，为农民撑腰。1926年5月，巴县国民党左派县党部成立，喻克由负责组织工作。8月，他又创建中共高店乡支部，并任书记。1927年，他从"三三一"惨案中脱险，流亡武汉后，积极投入挽救革命、恢复四川党组织的工作。

1927年8月，中共四川临时省委在重庆成立后，喻克由回到高店乡重建党支部，担任书记。1928年3月，省委书记傅烈、省委组织局主任兼代理巴县县委书记周贡植被捕后，喻克由被任命为巴县县委书记。

3月28日晚，喻克由在家中被地主武装围捕，迅即转囚卫戍司令部监狱。敌二十一军政训部主任戴弁和军法官高维崧轮番审讯，威逼利诱。喻克由始终坚贞不屈，严正宣称："我干革命就准备牺牲，没有牺牲就没有劳苦大众的解放。"

怀孕的妻子牵着女儿来到狱中探视，喻克由安慰说："不要伤心，我是为革命坐牢的。不必为我花费钱财去活动，这毫无用处。你身怀有孕，不管生男生女，都要把他抚养成人，继承我的事业。”

离别时他又嘱咐妻子：“我死之后用红毡收裹，就埋在我们院子侧面的坡上……”

4 月 19 日，经刘湘核办，喻克由被处以死刑。临刑前，他索取纸笔，给母亲写了一封绝命书。

其家属遵照他的嘱咐，将他安葬在喻家大院侧面的山坡上。这个山坡被乡邻们骄傲地称作“大人坡”，沿用至今。

（中共重庆市委党史研究室编：《血泪的嘱托》，重庆出版社 1996 年版）

李鸣珂

（1899—1930）

被难前给周恩来的信

恩来同志：

与你永别了！绝命书（长约四千言）已转卜克[1]同志，想不难得悉。日前群众革命斗争日益发展与扩大，反动的统治阶级对于领导革命的本党是要尽量摧残的！望你珍重，祝你领导中华革命早日成功！

四月十八日

被难前给妻子李和鸣的信

和鸣：

从此与你们一家大小永别了。不要伤心，好好教育我们的孩子，准备帮我复仇！你不要回家，同五弟[2]住，或由敦信[3]指定你地方住，今后惟有革命，并听五弟及敦信的话，紧紧记住。

---

[1]卜克：李卜克，即李觉鸣，李鸣珂的义弟和助手，省军委秘书兼交通。卜克是同志们从德国无产阶级领袖卡尔·李卜克内西姓名中取出二字给他作的外号。

[2]五弟：即李觉鸣。

[3]敦信：指当时任中共四川省委书记的刘愿庵。

最后的遗言

天愁地暗，惨雾凄凉，千万人声沸腾，来到杀场，不觉恨填胸。我心中含着许多悲愤，别了！别了！别了！许多朋友别了！许多士兵别了，许多工农及一切劳苦大众别了。我今躺在血地上，切莫为我空悲痛，但愿对准我们的敌人猛攻！猛攻！

烈士事迹

在重庆最大的对外门户——朝天门码头，曾经爆发过一场自码头建立以来前所未有的枪战。

那是1930年4月17日，军阀刘湘的二十一军特务委员会侦缉队长、中共叛徒易觉先，率军警到江北破坏了中共江北特支机关，抓捕了共产党人后渡江回城，刚爬上朝天门码头，便与从码头另一边走来的中共四川省委军委书记李鸣珂等人狭路相逢。李鸣珂和助手开枪处决了这个叛徒，然后同军警展开枪战。因力量悬殊，他们只得边战边退。一个助手当场被捕，李鸣珂混入人群中逃脱。敌人马上四下戒严，大肆搜捕。李鸣珂逃至码头附近一傍岩民居楼顶，藏匿一夜后，不幸被敌人发现。

李鸣珂，党内化名钟鸣，1899年生于四川省南部县，1922年毕业于四川省立高等蚕业讲习所。1925年进入广州黄埔军校第四期步兵科第一团学习，在校加入中国共产党，并成为左派学生中的骨干。

大革命失败后，在叶挺领导的国民革命军第二十四师教导大队任中队长的李鸣珂，参加了南昌起义，在起义中担任了负责保卫中央领导机构革命委员会和前敌委员会安全的手枪队（即警卫队）队长，出色地完成了任务。在南下转战途中，他布置得力健儿护送周恩来，使抱病指挥部队的周恩来得以平安脱险，撤到香港。李鸣珂随即转移到上海，参加了中共中央特科工作。

广州起义前，李鸣珂奉周恩来之命前往香港，给港九地区地下党负责人恽代英、聂荣臻送去经费，听取汇报。为直接了解广州起义失败后的情况，李鸣珂深入白色恐怖中的广州，险些落入敌手。

不久，他又奉派前往湖南，给南昌起义后与中央失去了联系的朱德带去中央的重要指示信（告之毛泽东领导的农军驻扎地区，指示朱德与之联络，共建苏维埃政权）。信中特别对朱德说："中央特派李鸣珂同志，经江西入湘专与你接头。""中央一切重要的决议和关于军事运动的新政策，以及最近各省工农武装暴动的情形和统治军阀崩溃的趋势，已令鸣珂同志口头向你们详细报告。"信中还交特："鸣珂同志的任务完成毕，即回来报告，万一你们需要鸣珂同志在那边工作，他可参加师委并任军队中一部分指挥工作，一切一切都由鸣珂面达……"可惜因当时正值湘、赣、粤几省国民党军对井冈山革命根据地和湖南游击区进行"会剿"，交通断绝，封锁严密，李鸣珂未能进入湘南找到朱德率领的部队，只得返回上海。

1928年夏，李鸣珂被派回四川领导军事工作，担任了中共四川省委委员、省军委书记（一度兼任川东特委及军委书记）。在此期间，他卓有成效地领导了在四川军阀部队中秘密开展的士兵运动，建立起了几个较强的军队支部，并领导了涪陵兵变，建立了四川工农红军第二路游击队。

李鸣珂被捕后，虽经刑讯，仍严守党的机密，连自己的真实姓名都没有承认。他一方面用假口供扰乱敌人视线，另一方面又不放过任何机会宣传革命真理，"见士兵宣传士兵，见夫役宣传夫役"。

4月19日，李鸣珂和他的助手邓文书等人，被枪杀于朝天门码头那片被叫作"沙嘴"的沙滩上。次日《国民公报》报道："渝二十一军军部四月十九日午后，绑出共产四犯，赴朝天门外枪毙，均坐无顶肩舆……内有一犯，年约三十余，八字短胡，毫无惧色，沿途大呼共产党口号，如登讲演之台，闻系共产党著名首领李鸣珂……"

李鸣珂牺牲后，地下党组织去收殓遗体，却发现遗体不见了，原来已被同情革命的士兵在半夜里悄悄收殓了。由此可见李鸣珂的英勇就义在群众中产生的强烈影响。

（中共重庆市委党史研究室编：《血泪的嘱托》，重庆出版社1996年版）

刘愿庵

（1895—1930）

七言

青春理想解民愁，入蜀追求党自由，
信仰不同行吾路，桃源有道贯神州。

给妻子的遗书（节录）

我最亲爱的琬[1]：

久为敌人所欲得而甘心的我，现在被他们捕获。当然他们不会让我再延长我为革命致力的生命，我亦不愿如此拘囚下去，我现在是准备踏着我们先烈们的血迹去就义。我已经尽了我的一切努力，贡献给了我的阶级，贡献给了我们的党，我个人的责任算是尽了。所不释然于心的是此次我的轻易，我的没有注意一切技术，使我们的党受了很大的损失。这不仅是一种错误，简直是一种对革命的罪过，我虽然死了，但对党还是应该受处罚的。不过我的身体太坏，在这样烦剧而受迫害的环境中，我的身体和精神，表现非常疲惫，所以许多地方是忽略了。但我不敢求一切同志原谅，只是你——我的最亲爱的人，你曾经看见我一切勉强挣扎的困苦情形，只有希望你给我以原谅，原谅我不能如你的期望，很努

[1]琬：即周敦琬，刘愿庵之妻。时为中共四川省委委员、省委秘书处一科负责人。

力地、很致密地保护我们阶级先锋队，我只有请求你的原谅。

对于你，我尤其是觉得太对不住了。你给了我的热爱，给了我的勇气，随时鞭策我前进、努力；然而毕竟没有能如你的期望，并给你与最大的痛苦。我是太残酷的对你了。我唯一到现在还稍可自慰的，即是我曾经再四的问你，你曾经很勇敢的答应我，即使我死了，你还是——并且加倍的为我们的工作努力。惟望你能够践言，把死别的痛苦丢开，把全部的精神，全部爱我的精神，灌注在我们的事业上，不要一刻懈怠、消极。你的弱点也不少，所［以］对一切因循，缺乏勇气与决心，［应］加以极大的补救，你必须要像《士敏土》里的黛莎[1]一样，“有铁一样的心”。

我如此算了，我偶然想起，觉得有点可惜。我的某部分过人的精神和智能，若是不死，对于我们的工作，是有许多贡献（虽然我一方面有许多弱点）。然而现在是不可能了。我饱受了一切创痛。我曾经希望我们有一个小宝宝，我当以我的一切经验教育他，指导他，使他成为一个模范的布尔什维克，现在也尽成虚愿了。所惟一希望的，只是你，我唯一亲爱的人，我的同志，希望你随时记着我的一切，记着我某一些精神和处理工作的作风，继续我的工作，同时也随时记着我的一切弱点，我俩共同的弱点，努力去纠正——挽救我的罪过。

关于你的今后，必须要努力作一个改革的职业家，一切去教书谋生活等个人主义的倾向，当力求铲除，这才算真正的爱我。假如我死后有知，我俩心灵唯一的联系，是建筑在你能继续我们的工作与事业，而不是联系在你为我忧伤和忠诚不二上面。这是我理性的自觉，决不是饰词，或者故意如此说，以坚你的信爱，望你决不要错认了！

对于我的家庭，难说，难说，尤其是贫困衰老的父亲。整个社会无量数的老人在困苦颠连中，我的家庭，我的父亲，不过无量数中之一分子而已。我的努力革命，也何尝不是为此。然而毕竟对于家庭、对于父亲是太不孝了。社会是这样，又复何说。此后你如有力，望于可能时给

[1]《士敏土》：苏联早期小说，今译《水泥》。黛莎，又译达莎，小说中的女主人公，一个把全部精力都放到工作上的共产党州委会妇女部干部。

父亲以安慰和孝养，尤其是小弟妹，当设法教之成立，这是我个人用以累你的一件事。不过对于我死的消息，目前对家庭，可暂秘密不宣，你写信去说我已经到上海或出国去了，你随时捏造些消息，去欺骗父亲好了；不过可怜的父亲，是有两个儿子[1]的生或死，永远不能知道了。

望你不要时刻想起我，尤其两年来一切同居的快乐，更不要无谓的去思量留恋，这样足以妨害工作，伤害身体，只希望你时时刻刻记起工作，工作，工作。

我被捕是在革命导师马克思的诞生［日］晨九点钟。我曾经用我的力量想消［销］毁文件，与警察殴斗。可恨我是太书生气了，没有力量如我的期望，反被他们殴伤了眼睛，并按在地下毒打了一顿，以致未能将主要的文件消［销］毁，不免稍有牵连，这是我这两日心中最难过的地方。只希望同志们领取这一经验，努力军事化，武装每个人的身体。

我今日［被］审了一堂，我勇敢的说话，算是没有丧失一个布尔什维克主义者的精神，可以告慰一切。在狱中，许多工人对我们很表同情，毕竟无产阶级的意识是不能抹杀的，这是中国一线曙光，我们的牺牲，总算不是枉然的，因此我心中仍然是很快乐的。

再，我的尸体，千万照我平常向你说的，送给医院解剖，使我最后还能对社会人类有一点贡献，如亲友们一定要装殓费钱，你必须如我的志愿与嘱托，坚决主张，千万千万，你必须这样，才算了解我。

我在拘囚中与临死时，没有你的一点纪念物，这是心中很难过的一件事。但是你的心是紧紧在我的心中的，我最后一刹那的呼吸，是念着你的名字，因为你是在这个宇宙中最爱我、最了解我的一个。

别了，亲爱的，我的情人，不要伤痛，努力工作，我在地下有灵，时刻是望着中国革命成功，而你是这中间一个努力工作的战斗员！

你的爱死时遗言

五月六日午后八时

---

[1]两个儿子：指刘愿庵及其弟刘孝祜。刘孝祜烈士先刘愿庵一年牺牲。

临刑前给表姐夫的信

竹虚[1]大哥赐鉴：

弟之行动始终不能为兄赞同，而弟亦不能如兄历年谆谆劝告放弃工作。然而兄始终对弟之爱护有加，及对于舍间之照拂，实永藏心中不敢或忘。兹当永诀，念及今世不能有所图报，实深歉仄。所可以自慰者，此身纯为被压迫者牺牲，非有丝毫个人企图，素为兄所深知，必能谅解，而不致如一般伧夫走狗之责毁，或者此亦所以报德者也。舍间状况不待言而为兄所尽悉，敢以累兄时加顾助，以待弱弟妹之成立。此外弟孑然一身，毫无系累，亦别无所求。至弟之尸体，已嘱送之医院解剖，以尽我最后对人类之贡献，万望无加阻止，虚耗金钱。寄弟妇遗函一封，务请设法转寄，勿任遗失，至所盼望。弟之死耗，对舍间务请秘密，勿使老亲知之，即以弟已出川代为掩盖。四姊处亦望劝其勿过悲伤，人生谁有不死，弟今日之死，虽不能说成仁取义，亦较困死牖[2]下多多矣。临颍伧［怆］神，欲言不尽。

即颂

起居多福，诸维谅察

弟　友遗书

旧友多不愿往托，如均逸、君彤等，人情冷暖，托之无益，惟兄可酌商之。

---

［1］竹虚：指周竹虚，时为军阀刘湘二十一军军部幕僚。

［2］牖：窗户。

烈士事迹

1930年5月8日正午，“巴县衙门前要杀犯人”的消息迅速传开，人们纷纷向衙门口涌去。

巴县衙门位于重庆城内当时最繁华的下半城商业场附近，门前有一个大坝，平时是摊贩市场，工艺、小吃、算命看相、卖艺贩药，闹哄哄一片，这时人们全都被军警赶到了大坝边上。围观者拥挤在士兵的刺刀后面，急不可待地想要看看被杀的是什么人。

三位年轻的共产党人被撕衣上绑，背插“斩”标，推到巴县衙门大坝里，面对东、西辕门之间的照壁站定。正午的阳光照着他们神情严峻的面庞和伤痕累累的肩背。其中一个仪表堂堂的年轻人，就是中共第六届中央委员会候补委员、四川省委书记刘愿庵。

在枪响之前，三个革命者拼命喊起了口号。刘愿庵因长期奔走革命，积劳成疾，平时就已多次吐血，此刻在他以生命中最后的力量高呼口号时，一腔鲜血骤然从口中喷出，溅到了照壁上。

刘愿庵，原名刘孝友，党内化名坚予、敦信。生于陕西省咸阳市，自幼随父寄寓四川成都。只上过两年中学，全凭刻苦自学和实践锻炼，学问与文笔口才均达到较高水平，驰名遐迩。他曾被聘为军阀卢锡卿部的参谋、军阀杨春芳部的秘书、军阀刘文辉的第九师师部咨议官等。在杨春芳部时，刘愿庵曾被委任为丰都县知事（即县长），因他为官清正，得罪了地方邪恶势力而被革职后，当地人民还给他建了“德政碑”。军阀刘湘在北伐革命高潮中宣布易帜加入国民革命军时，为扩大影响，曾辗转托人找到时任四川省参议会秘书长的刘愿庵，请他代写了《国民革命军第二十一军军长刘湘就职宣言》，通电全国后，大获好评。

若凭才华与能力，刘愿庵本有可能在仕途中青云直上，但他却一心只想为劳苦大众谋利益。他于1926年加入了中国共产党，历任国民党四川省党部（左派）执行委员、中共四川省委常委、省委宣传鼓动部主任、省委书记等职。

1928年，他作为四川代表出席了在莫斯科召开的中共第六次全国代表大会，当选为中央候补委员。回川时正逢省委机关遭到破坏，代理省委书记张秀熟等被捕。刘愿庵冒着极大的危险，领导重建四川省委，恢复被破坏的组织。在特务叛徒横行，白色恐怖严重，他“几乎不能上街”的险恶处境下，坚持领导全川革命斗争。

1930年5月5日上午，刘愿庵与省委常委的几个干部在重庆浩池街裕发祥酱园铺楼上开会时，因内奸告密而被捕。敌人用尽刑讯利诱手段，刘愿庵毫不动摇，始终正气凛然。临终前，他“心中最难过的”是被捕时没能销毁主要的文件，担心会对革命带来损失。为此，他在给妻子的遗书中做了沉痛的反省。

（中共重庆市委党史研究室编：《血泪的嘱托》，重庆出版社1996年版）

钟善辅

（1899—1930）

无题

马列能救国，共产始成业。
强暴皆不惧，恶妖得消灭！

烈士事迹

钟善辅，又名钟世民，1899 年出生在四川省涪陵县（今重庆市涪陵区）一贫苦农民家庭。17 岁进入重庆一家丝厂做学徒，19 岁考入成都警监学校。

1919 年的五四运动席卷全国，成都新文化运动普遍开展。1921 年，早期马克思主义者王右木在成都筹建“马克思读书会”，钟善辅和一些进步青年参加了这个读书会。他如饥似渴地学习《资本论》《唯物史观》《共产党宣言》等书刊，积极投身到工人小组、工人夜校的活动中，思想觉悟不断提高。1922 年，在王右木的影响下，钟善辅成为读书会中首批中国社会主义青年团团员。不久，又当选为中国社会主义青年团成都地方委员会的候补执委。

成都“长江帮”（丝织行业）是产业工人中人数最多、组织性较强的行会，钟善辅和团委的同志积极深入进去发动教育工人，要争取到自己的政治地位、经济权利，要组织起来，一盘散沙就要吃亏。不久，由成都团地委领导的行业工会组织诞生了。

1923年2月上旬，北洋军阀惨杀京汉铁路工人的噩耗传到成都。一时工人群情激愤，在成都少城公园集会，钟善辅不顾军阀的威胁、阻挠，率先登台演讲。他痛斥北洋军阀的血腥罪行，生动详尽地介绍了共产党员林祥谦和施洋宁死不屈、从容就义的感人故事。不少市民、工人、学生深受感染，积极主动地加入了这支队伍。

1923年五一劳动节，成都团地委组织成立了“成都劳工联合会”，刘亚雄、钟善辅被推选为正、副会长。

同年秋天，钟善辅被吸收为中共党员。

1925年，上海发生五卅惨案，成都各界，异常愤慨。6月18日，钟善辅等领导的劳工联合会在川北会馆召开“上海英日惨杀华人案成都国民外交后援后”成立大会。是日，全城罢工、罢课，下半旗志哀。21日，又在西较场召开声援大会，通过了要求赔偿损失，释放被捕华人，以及经济绝交等议案。会后举行了大规模的示威游行。

1927年7月，在中共成都特支的领导下，成都劳工联合会发起成都市工会筹备会。钟善辅以特支工委负责人的身份参加领导工作。

不久，万县发生英国军舰制造的“九五”惨案，钟善辅等四处奔走，组织发动成都各行业工会联合发表了一篇声讨檄文，号召“凡我同胞，急宜奋起，实行与英经济绝交，废除一切不平等条件，不达目的，誓不罢休”。随后，成立“万县惨案成都国民雪耻会”，并共推钟善辅为罢工委员会主任。

10月20日，华西大学等四所学校，城内各教堂、教会学校，医院以及外国侨民所雇佣的男女华工约600人，响应号召，不为英人服务。华西大学等校的爱国学生，相继组成退学团，并强烈要求拆毁影响华人正常生活的围墙。钟善辅亲临一线，指导运动。他租用少华茶社作为罢工工人的临时宿舍，发给罢工工人罢工证，每天凭证按家庭人口领取伙食费。他还组织工人纠察队维护秩序，执行公约。钟善辅卓有成效的组织工作，使工人们更加团结、斗志更坚。往日不可一世、狂妄自大的英方代表毕启只好收敛气焰，坐下谈判。在钟善辅等代表的揭露、斗争下，英方代表毕启不得不接受中方的要求。

在这场斗争期间，来自长机、建筑、刺绣、生绉等42个工会分会的代表，共同筹商成都市工会。钟善辅作为会议主席报告了各分工会工作情形，讨论了援助罢工等议案。会议宣告成都市工会正式成立（后按全国总工会的命令，改为市总工会）。一致选举刘亚雄和钟善辅为正、副会长。成都市工会的成立把方兴未艾的反帝国主义的斗争推向高潮，也翻开了成都工人运动崭新的一页。

1927年2月20日，中华全国总工会执行委员长苏兆征、代理委员长李立三签署委任状：任命钟善辅、刘亚雄为中华全国总工会驻川职工运动指导专员。称赞钟善辅、刘亚雄“为工人阶级利益奋斗，对于四川工人运动情形，尤能深切了解”。

就在此时，全国斗争形势风云突变。北伐军攻克南京，市民集会庆祝，英美帝国主义兵舰炮击和平居民，造成死伤千余人；四川军阀在重庆制造骇人听闻的“三三一”惨案，杨闇公、冉钧等共产党人被害；不久，蒋介石又在上海发动“四一二”反革命政变。此刻的成都，反动派也遥相呼应，叫嚣“清党反共”。4月15日，数百名军警、流氓、工贼，张牙舞爪，狂呼乱叫“打倒钟善辅，打倒孟本斋（市工会领导人之一）”，并冲进成都市工会，肆无忌惮地搞破坏。4月24日，反动当局竟然下令通缉钟善辅等人。白色恐怖笼罩了成都。

面对如此险恶的处境，亲友们都劝他外出避避风头。他却毫不退却，专门镌刻了“生为坚强仕、死为精忠魂”十个大字，作为对反动派的严正回答。

4月下旬，钟善辅作为四川工人阶级的优秀代表前往武汉出席中共第五次全国代表大会。

1929年，钟善辅奉四川省委指示，在军委书记李鸣珂的指导下，前往川东主持军委工作。1930年初，他又任丰都县委书记。经过他的组织发动，丰都水烟工会、店员工会、竹篾编织工会先后成立。工人们常常采取种种办法与资本家斗争，争取自己的权利。蓬勃的工人运动，有力地配合了李鸣珂指挥的四川工农红军第二路游击队向丰都的进攻。

钟善辅的工作，引起当地反动派的恐慌，敌人派出特务四处盯梢。5月1日，他不幸被捕。灭绝人性的反动派滥施酷刑，玩尽千般花招，终无法让钟善辅屈服。敌人于5月10日将钟善辅杀害。

钟善辅虽然牺牲了，但他对四川工人运动所做的卓越贡献，对共产主义事业坚定不移的信念，献身革命的高尚精神，像天际上一颗璀璨的星星，闪烁着永恒的光芒，激励后人奋勇前进！

（渝中区民政局：《钟善辅烈士事迹》，中华英烈网）

邹进贤

（1899—1930）

日记选录

希望歌

青年诸君何其狂！创言改造回綦江。
努力建筑一房屋，好使人避猛风雨。
年来风雨力量大，渐渐浸倒壁和墙。
一间房屋无墙壁，人们如何避风雨？
群力复建墙和壁，青年诸君齐努力。
诸君诸君毋馁气，“自古成功在尝试”。

我之日常生活镜的绪言

古人说：“未知生，焉知死？”这便是说，人的生存的意义都没有寻得，那［哪］能知死的所以然呢？常观现社会的人们对于生活两字，大都认为很寻常的，尤其是个人的日常生活，“竟如醉生梦死样”！设全社会的人们，都同一个鼻孔出气，我敢说是“还了原［猿］人时代的禽兽生活”了！所以我很觉得个人的日常生活，非得有一种秩序，而且很愉快，并且知道个人日常生活的得失不可。又如清代大儒顾炎武等尝曰：“吾人之学问，不求于书本中，惟求于日常行事中耳！”辗转而思，古人对于日常生活尚且如此认真，何况我辈浅学无知的青年后生呢？因此，我当“兴奋精神”，“坚决意志”，去学步一步古人之后尘！

时民国十二年春邹游谨志于高等蚕业讲习所

烈士事迹

邹进贤，又名邹游、邹定达，化名朱三元、周三元、周正清，1899年3月15日生于綦江县古南镇（今重庆市綦江区古南街道）。家境贫寒，祖父两代均以刻字为生，有兄弟四人，进贤居三。幼入私塾，后辍学，艰难度日。邹进贤稍长，赖父兄辛勤劳作，得以念完私塾，但因家贫无力升学，就此赋闲在家。

1919年夏，邹进贤参加了受五四新思潮影响的綦江旅外青年学生组织的足球队和“綦江青年砥砺会”（以下简称“青砥会”）。在青砥会，通过学习进步书刊，邹进贤的思想为之一新。他会同青砥会会员霍步青等发起创办《綦评》刊物，用以宣传新文化、新思想，揭露社会黑幕，评论綦江时局，力图改革綦江社会现状。1920年考取了重庆联中，在亲友的资助下，开始了新的学习。1921年秋，邹进贤放弃了联中的学习，以优秀的成绩被选送到四川省立高等蚕业讲习所（相当于专科学校）学习。

在成都求学期间，喜好交友的邹进贤，陆续结识了张霁帆、黄钦、张子玉、余泽鸿、李鸣珂一些进步青年学生，并成为至交。通过他们，还直接受到了王右木、恽代英等革命先驱的指导。1922年参加了王右木组织的马克思读书会，1923年6月加入了中国社会主义青年团。这些集体的影响，良师益友的启迪和帮助，以及对马克思主义革命理论的学习和严格的自律，使邹进贤在政治思想上有了显著的提高。1925年初春，由萧楚女介绍，加入了中国共产党，成为一名自觉的共产主义战士。1925年1月，社会主义青年团綦江县支部成立，邹进贤任支部书记。

1926年1月24日，中共綦江县支部成立，邹进贤任支部书记。

1930年5月5日，四川省委在重庆浩池街召开常委会。由于叛徒出卖，他和省委书记刘愿庵、省委工委书记程攸生不幸被捕，被押解至巴县监狱囚禁。在敌人的严刑审讯和高官厚禄的引诱下，邹进贤三人坚贞不屈，视死如归。敌人对邹进贤发出了“因其多才……此人确实厉害”的感叹。5月8日，敌人在巴县监狱衙门坝子前将邹进贤等人杀害。临刑前，面对敌人的枪口，邹进贤怒斥道：“你们今天杀了我们，可杀不完共产党！”“头可断，血可流，志不可屈！”他们高呼“中国共产党万岁！”等口号，慷慨就义！原国家主席杨尚昆称邹进贤为“革命启蒙老师”。

（中共重庆市綦江区委党史研究室　陈平）

穆青

（1898—1930）

其一

若个男儿意气豪，文章分得凤凰毛。
它山借石无边兴，离别催人作燕劳。

其二

冲出夔门眼界开，巫云不见见楼台。
川流入海终归海，小住粒陵醉一回。

其三

展兄生色壮行访，三峡惊涛视等夷。
为报平安槐树下，说儿健胜在家时。

烈士事迹

穆青，曾化名吕维新，1898 年出生于四川省合江县福宝山区的一个贫苦农民的家里。7 岁时，父母节衣缩食，把他送到骑龙义馆上学。辛亥革命后，他考入合江县中学。

中学年代，正值袁世凯接受日本的“二十一条”之际。穆青和同学们义愤填膺，上街演讲，控诉袁世凯的卖国罪行，号召人们行动起来推翻袁世凯，抵制日货。

青年学生的呐喊，唤起了不少群众的爱国心灵，他们纷纷抵制日货，以示响应。

时代潮流的浪涛使穆青感到，只有读好书才能唤起更多的民众的觉悟和良知，去医治中国的创伤。于是，在学校里他刻苦读书，考试成绩常常名列前茅。从他赠给同学的诗中，可以看得出他的远大志向：

若个男儿意气豪，文章分得凤凰毛。
它山借石无边兴，离别催人作燕芳。

随着知识的增多，穆青忧国忧民之心更加深重。恰值此时，北京爆发的反帝爱国的五四运动，点燃了他心中积压的干柴。他决心“它山借石”充实自己，去寻找一条改造灾难深重的中国的道路。

这时，穆青得知成都成立留法勤工俭学分会，创办勤工俭学预备学校，以“勤于作工，勤于俭学”为宗旨，积极输送青年学生赴法留学。这消息，使他高兴若狂，即与同学李大章立即赴成都应考。

1920年底，经过留法预备学校短训的穆青，依依惜别家庭和资助他读书的族长及朋友，自重庆乘船东下，赴法国勤工俭学。

穆青在法国勤工俭学四年之久，在这里他选定马克思主义作为信仰，并矢志终生为之奋斗。他积极参加中共旅欧组织的各种活动。1924年7月，周恩来奉党中央命令，回国工作。临行前召开旅欧各支部代表大会，穆青在会上的发言，受到周恩来及到会的同志的赞扬。同年9月，穆青、傅烈、刘伯坚、蔡畅、饶来杰等被送往莫斯科东方大学学习，穆青担任旅莫支部组织委员。

穆青回国后，党中央委任他为中共广东区委组织部部长，兼国际济难会中国南方办事处主任。

1926 年 3 月 20 日，发生了中山舰事件。5 月，蒋介石又制造了整理党务案事件，蒋介石篡夺了国民党的党、政、军权。针对这一严峻局势，中共广东区委决定举办党员干部深造班，培养工人党员骨干。穆青领导和组织了这项工作，并参加讲课，为此后的北伐及应付反革命政变培养了一批中坚力量。

1926 年 7 月 9 日，国民革命军出师北伐。穆青挑选优秀党员、团员去充实革命军，并从省港罢工纠察队中挑选出许多坚强的共产党员和积极分子，参加叶挺独立团。

1927 年，继蒋介石在上海发动“四一二”政变，广东的反动派也制造了“四一五”大屠杀的悲剧。

4 月底，穆青受广东区党委之命，向党中央汇报了广州“四一五”大屠杀经过。然后绕道上海转香港，建立起潮海、东江、西江、粤北、南路、琼崖等特委，大力开展农民运动。

1927 年 11 月，中央临时政治局在上海召开扩大会议，提出“一切政权归苏维埃”的武装起义的总口号。根据这一精神，广东省委决定“发动工农兵举行武装起义”。穆青参加起义行动委员会工作，并担任共产国际代表的翻译。

12 月 11 日清晨，起义的枪声划破了广州的宁静。起义获得了成功。穆青身着黑色工人服，头戴鸭舌帽，颈系红领带，肩背一支上刺刀的步枪，腰捆子弹带，在指挥部紧张地处理着各种问题。经过一天的战斗，起义军占领了东至沙河、南踞长堤的阵地，与河南李福林军队对峙。战斗仍在激烈地进行。

12 日中午，指挥部在西瓜园召开有数万人参加的群众大会，张太雷庄严宣布：“我们工农革命军已占领广州，现在一切政权归工农兵苏维埃。”在新生的红色政权中，穆青为土地委员会成员之一。

广州起义的胜利，刺痛了帝国主义和国内反动派。军阀张发奎、李福林、薛岳等，在帝国主义的策动下，于 12 日下午向革命军全面反扑过来，总指挥张太雷不幸中流弹牺牲。13日晨，敌军分兵四路向广州大举进攻，为保存革命力量，起义军决定撤出广州。15日，穆青安全送走国际代表。16日下午，他与妻子化装分路撤出广州，在长堤会合，乘船秘密前往香港。

1928年1月，穆青同妻子从香港抵达上海。周恩来、邓颖超夫妇前往旅馆探望他们。穆青将广州起义的经过向周恩来做了详细的汇报。随后，党中央委派他去武汉参加湖北省委工作，并任命他为湖北省委组织部部长。

为了安全起见，穆青夫妇与省委秘书长任开国夫妇同住在法租界一幢楼的二楼上。一天下午，一个穿着深黄色长袍、头戴咖啡呢帽的陌生男人突然上楼，声称要找任开国。穆青巧妙地将他支出去。不一会儿，那人又上楼，未说话就转身下楼去了。

事不宜迟，他们立即转移地点，穆青搬到福昌旅馆，妻子留住机关。任开国夫妇另住一家旅馆。后来，由于叛徒的告密，任开国、穆青不幸先后被捕。

穆青被关押在武汉侦缉队。敌人用尽刑罚，逼他招供。无论是皮鞭还是老虎凳，他都矢口否认自己是共产党员，只说自己是留法学生。敌人没有办法，只好把他作为共产党的嫌疑犯关到警备司令部。

中共湖北省委获知穆青、任开国被捕，立即组织营救。在穆青、任开国夫人的配合下，穆青终于被营救出狱。省委为防范敌人再生事端，将伤痕累累的穆青送往上海。穆青伤愈后，党中央任命他为中央特派员，到四川视察和协助省委工作，其妻则暂留上海候船去苏联学习。

1928年夏，穆青以中央特派员的身份来到四川。他回到了阔别八年的家乡——四川合江县福宝镇。

穆青在家乡短暂的几天里探亲访友，了解民情，深深感到四川仍被乌云笼罩，白色恐怖十分严重，特别是号称“爬壁虎”的军阀刘湘统治的重庆，环境更为险恶。他匆匆离开家乡，赶到重庆与代理省委书记张秀熟分析形势，制订措施，研究工作。省委感到四川需要穆青这样富有经验、有魄力的同志指导党的活动，于是向中央报告，要求将穆青留川负责领导工作。

为了制订四川的斗争策略，穆青亲自巡视川南。在泸州、自贡等地，穆青根据广州起义的经验教训，提出了川南的斗争重点应放在敌人统治薄弱的小城市，特别是边远山区。他选择了高县、珙县、筠连、永宁、古蔺等边区作为革命根据地基点。经过穆青的动员指导，党组织很快在自流井的大坟堡、三多寨组织起盐井工人数千人，建立了工人武装纠察队；在叙永、古蔺等地建立起了农民武装。

穆青十分重视统战工作。他利用四川大小军阀为争势力范围的矛盾，来巩固发展党的力量。他派党员打入军阀内部，瓦解敌人，壮大自己。当时，在泸县一带的部队是刘文辉二十四军所属唐瑛师。中共川南特委在穆青同志指导下，争取该部参谋长反正，获得成功。

四川各地党组织的恢复和壮大，武装起义的蓬勃发展，使蒋介石和四川军阀刘湘大为震惊。他们设立特务委员会，建立侦缉队、反省院等反动机构，专门对付地下党。地下党组织受到了严重威胁。

1929 年 3 月 12 日，穆青在完成党交给的任务后，在重庆回水沟街上，被叛徒邹荣芳带领的侦缉队逮捕。

严刑拷打，软硬攻心，穆青矢口否认自己是共产党员，也不承认叫吕维新，更不承认当过省委书记和组织部部长。穆青巧妙地与敌人周旋，弄得敌人难以断定，只好将他移送至巴县监狱看押。

此时，穆青已化名为袁雨苍。

穆青在巴县监狱与省委书记张秀熟相遇，他们为保守党的秘密和避免党受到更大的损失，克制住自己的感情，装作互不相识的样子。

在此期间，党组织做了大量营救工作。由于敌特在捣毁省委机关时，从搜查的文件中证实了穆青的身份，营救没有成功。

穆青在狱中，充满了乐观主义精神，用中、法、俄文向狱外亲人写信，表达了自己将为革命事业洒尽最后一滴血的忠诚和对人民深深的热爱。

1930年5月的一天清晨，国民党军阀刘湘将穆青杀害于巴县衙门广场，年仅32岁。

（周旭川：《穆青烈士事迹》，中华英烈网）

牛正声

（1906—1930）

遗诗

炮弹穿过心胸，
好似清风吹过胸中，
劳苦兄弟们的胸窝，
就是我的归宿地！

烈士简介

牛正声，又名大明、大鸣，四川省江津县（今重庆市江津区）人。1925年考入中法大学四川分校，并加入中国共产党。1926年4月入广州农民运动讲习所学习，10月回川组织农民运动。重庆“三三一”惨案后，参加中共四川临时执行委员会工作，1928年任中共四川省委秘书长，1929年任省委监委书记兼省委秘书长。1930年7月，到梁山县（今重庆市梁平区）领导武装起义，失败后返回重庆。8月26日因叛徒出卖，被国民党地方军阀逮捕，9月26日英勇就义。

（中共四川省委党史研究室编：《四川革命烈士诗文选析》，四川人民出版社2016年版）

梁伯隆

（1904—1930）

绝别书

伯[1]、奉叔：

我大概离死期不远，请你们不要悲伤……，我的死是为世界上千百万劳苦大众而死，我很感觉得光荣！

革命一定能成功！人民一定能当家做主人！我死以后你们就当我出国留学。我省内存款可找重庆《新蜀报》王伯禹能得。省外上海三马路、霞飞路旧款项，奉叔可去上海找何若灵可收。

三、四弟，伯教他们多读书，多劳动，做工或学生意。六、八妹不要包脚[,]男女都一样，也应叫她们读书。

祖母以下均安

兴谷上

一九三〇年十月三十日

写于成都军警团狱中

---

[1]伯：指其父亲。

烈士事迹

1929年初春的一天，下半城狭小的厘金局巷热闹非凡。一批批青年男女兴高采烈地向设在原巴县议会旧址的一所新开办的学校走去，参加即将举行的开学典礼。

这所学校就是中共地下组织创办的重庆高中。它的领导人是共产党员梁伯隆。

梁伯隆，四川江安人，1925年入党，黄埔军校学生，参加过北伐战争。大革命失败后在上海工作。1929年初，奉党中央派遣回四川工作。他来到重庆，在四川省委、川东特委领导下，通过社会关系，做刘湘的工作，办起了重庆高中，任副校长，实际主持工作。学校采用黄埔军校的办学方针，政治教育与军事教育并重，特别强调培养学生树立革命的人生观，讲授社会进化史、社会科学概论、唯物史观、共产主义ABC等马克思主义理论课程，使各地党组织选送入学的青年走上革命道路。重庆高中也由此成为党的一个重要活动据点。

由于学校办得太红，被刘湘发觉。到这年暑假，他便借口“经费无着”，下令停办。梁伯隆发动师生开展护校斗争，与刘湘达成协议，重庆高中停办，另在南坪胡家祠堂办起了西南学院，将大部分学生转入该校。学校名称改了，性质没变。因此，不到一个学期，又被迫停办。后来，根据省委指示，学校迁往成都，再办西南大学。1930年6月，军阀查封了西南大学，师生70余人被捕。10月31日，校长梁伯隆、教务长张竞若慷慨就义于成都下莲池刑场。

临刑时，梁伯隆仪态从容，利用最后的时刻，向在场同胞发表了最后一次演说，宣传共产主义必胜的真理。收殓时，在他衣袋中找到几首诗，其中一首《七绝》写道：“为党为民尽生死，勇斗魔鬼志更坚。要杀吾头何所惧，共产真理留人间。”

（中共重庆市委党史研究室编：《血泪的嘱托》，重庆出版社1996年版）

李仙舟

（1908—1931）

临刑前写给妻子的遗书

莹璧吾爱：

我从此和你永别了，身为自由死，志达而心安，望你千万不要因此伤心。现在我有数事祝望于你：

（一）你为我牺牲几年幸福，我当谨谢你的爱，但我不忍你整个人生的幸福为我一个人牺牲，我今以至诚劝你别求一良好伴侣，追求你未来的幸福。

（二）先□儿是我给你的唯一纪念品，由你带去，但望你爱人以德，不要使他堕落，辜负我对他的希望。

（三）到处青山可埋骨，你千万不要为我收骨，且尸体已被消灭，收上徒劳罢，此后我再不能作你一个安慰者，一切都希望你从宽处着想。请了，梦中相见吧！

你的爱　树

十二月二十日　绝笔

烈士事迹

李仙舟，又名树修，化名袁树人，四川涪陵（今重庆市涪陵区）人。1926 年初，在重庆江北治平中学读书时加入中国共产主义青年团。1927 年初，进入重庆中法大学，在那里加入了中国共产党，是当时重庆学生反帝爱国运动的主要骨干之一。

1927 年，在重庆“三三一”惨案中脱险后返回涪陵，和其兄李蔚如一起开展革命活动，任涪陵县农会秘书长，参与领导了涪陵及其附近地区的农民运动和农民武装。

1927 年冬，离涪陵去上海，入华南艺术大学读书，任文学系党支部书记，后任上海市法南区委组织部部长。

1930 年春，在党中央训练班受训后不久，调中共中央组织部任秘书长。是年冬，调往武汉任中共中央长江局秘书长兼团中央特派员。同年，长江局被叛徒出卖遭受破坏，12 月中旬，他与其他 10 余位同志在武昌东厂被捕，次年 1 月遇难。临刑前，他写了遗书，交给当时在上海读书的侄儿转交给他的妻子。

（中共重庆市委党史研究室编：《血泪的嘱托》，重庆出版社 1996 年版）

张光埜

（1904—1931）

临刑前给妻子的永诀言

怀愉吾爱：

我为中华民族求解放，劳苦大众谋利益而死，死亦瞑目，请勿为我可惜，所惜者未见革命成功耳！

兹有数事托吾爱，诸希鉴察：

一、我尸体运到后，不必更换衣服，用最小棺材，埋于宅后之山顶，垒一大土坟，立一丈方碑，大书“中国共产党员张光埜之墓”。

二、反对迷信，种下我致死之苗，举凡一切迷信之事，皆不可作。

三、子女应仔细抚育，年满六岁时，需省衣节食，多送读几年书，俾有普通知识，一以尽忠党国，一以自谋生活。

四、我被反革命诬陷，谓为土匪，实际我毫未为此事业，请吾爱将我过去事业，托人写出，印一小册子，供诸大众，代我申雪。

五、弟兄辈应努力将烟瘾戒脱，安分守己，从事畜牧，如牛羊之类，以度此危局。

六、我死后请你不要过于悲伤，凡事应看在子女身上，保重自己，将小孩抚养成人，即有幸福可言，人生不免此一途，早迟仅一时间关系耳！

本欲尽情写出，无如我心肝俱碎，内心如焚，不克如愿，就此搁笔。

即祝

愉快

你亲爱的丈夫张光玺永诀言

民国二十年一月十七日书于涪陵狱中

烈士事迹

张光玺，四川涪陵（今重庆市涪陵区）人。1925 年在重庆江北治平中学读书时加入共青团，后加入中国共产党。1927 年在涪陵协助李蔚如发展农运，组织农民自卫军。1928 年，赴上海，先后在华南艺术大学、中国公学读书，后被调到中共法南区委和沪西区委搞工人运动。次年 6 月受党组织派遣返川，在涪陵领导抗捐斗争，担任县抗捐军总指挥部政治部主任，曾组织抗捐军举行起义，策应四川工农红军第一路游击队。1930 春，到重庆川东军委作联络工作。年底，在赴武汉联系工作途中，遭叛徒指认被捕，囚禁在涪陵城防司令部监狱，受尽灌辣椒水、烧八筒花、背火背夹等酷刑，只字未供。当年曾受农民运动打击的蔺市镇恶霸刘陶君闻讯，立即罗织罪名，递上诉状，贿赂城防司令，诬告张光玺是杀人放火的土匪，务求治以死罪。难友为张光玺置办酒菜以示惜别，他吃罢酒饭，要来纸笔，给大哥张伯卿和妻子许怀愉各写了一封遗书。

两天以后，看守凶神恶煞地窜进牢房，要将他赤膊上绑，押赴刑场。张光玺一脚踢翻桌子，高声训斥道："我是共产党员，不是土匪，谁敢绑我?!"说完，步出监狱，一路高呼口号，昂首走向刑场，从容就义。当时，他年仅 27 岁。

（中共重庆市委党史研究室编：《血泪的嘱托》，重庆出版社 1996 年版）

陈劲言

（1909—1931）

临刑遗书

C[1]是我唯一的留念者，它开辟了革命的新纪元。唉！豺狼当道，猛兽横行。猎网四张，一触即获。不能任人俘虏，宰割。同志们，永别了！同志们，前进！前进！

陈劲言永别时

廿年正月初八日[2]

烈士事迹

陈劲言，又名陈静思，党内化名鲍叔，四川隆昌县（今隆昌市）人。1927年，在成都省立一中读书时由团转党。次年2月，一中发生学潮，他参与组织发动，遭到通缉。避往重庆，参加党主办的重庆高中学习，继续在校内外开展工作。1930年夏秋，年仅21岁的陈劲言奉命潜赴万县，出任中共下川东特委军事委员会书记，在党发动武装起义迭遭失败的地区收拾残局，重整旗鼓。

[1]C：指 Communist Party，中国共产党。

[2]廿年正月初八日：民国二十年正月初八日，即1931年1月26日，为陈劲言烈士就义前二日。

陈劲言在万县建立军委机关后，立即着手组织武装力量。此时，原三路游击队副总指挥秦伯卿重举义旗，组成了有400多人枪的“共产军”。陈劲言很快与他取得联系，并亲往军中视察整顿，决定在年底举行大暴动，然后东进鄂西，与贺龙部队会合，进攻武汉。

可是“共产军”成分复杂，以致发生内讧事件，陈劲言只好将大批干部调回特委，积极筹划另组武装。此事尚未展开，陈劲言于1931年初因叛徒指认被捕。在狱中，他受尽酷刑，宁死不屈，通过说服狱卒，给父亲写去这样一封遗书：“孩儿为革命而死，血洒万州。父亲不必悲伤，要教育好弟妹……”

1月28日，陈劲言临刑前，又留下两首绝命诗：

江风狂怒号，遍地卷赤潮。
万州洒热血，涤荡冷酷冰。

洒热血鲜红，拼筋骨铁样。
迸自由之花，开光明之路。

（中共重庆市委党史研究室编：《血泪的嘱托》，重庆出版社1996年版）

帅昌时

（1895—1931）

模糊血泪集（节选）

残留着的，模糊血泪，我把我血泪的余残，洒在这小小的数篇，更将这小小的数篇，敬献于父母的灵前！

一九三零年八月一日于渝州禁室

余以开罪于人，被污系狱，迄今四月余矣！禁中生活，备当艰苦，每于忧思万转，百无聊奈［赖］之际，辄写小诗自遣，然随写随轶，不复存稿，兹惧其日久而湮易也，乃稍加整理而笔之书，如能幸免横夭，则他日犹可观焉。呜呼！此书固余亲笔所录也；然而是字是血，是墨是泪，余则模糊而不暇明详；因题其端为残留着的“模糊血泪”云！

一九三零年八月二日题于禁室残灯下

一片残了的荷叶

小僮送来了一包馒头，
馒头外裹着残荷一片，
我品味着残荷的清香，
引起心头的忧思无限！
你原来池中的产品，

特具有“纯洁”的性根，
出污泥而不染，
你和花是君子的化身！
你当着熏风时节，
你张张浮在水面。
是鱼儿的小伞，
是花儿的良伴！
常覆着鸳鸯露宿；
常抱着好花长眠。
那临风舞姿的蹁跹；
那当月芳魂的招展。
你值得游人的流连！
你值得诗人美赞！
我相信你有生命。
我相信你有灵魂；
更相信你的一切，
都是美满的象征！
可是呀！如今——
你为何也踏进了监门？
你是被人们的蹂躏？
你是表囚徒的同情？
这儿如黑暗的地狱，
无池中皓月的光明；
这儿如污秽的厕所，
无池中花气的清芬。
满目疮痍的惨景，
充耳是病者的呻吟！
日间呀！

未睹过青白的天日！
夜来呀！
有无数鬼脸的狰狞！
你也来尝尝这铁窗的风味，
你也才了解现代的人生！
你的精神呀——
如何我一般的萎顿！
你的容颜呀——
如何似我一样的瘦损！
你只残余一缕清香，
也给了我无上的安慰——
温存！
我深深地谢你多情，
你和我是同病相怜的知心！
你横顺约六寸几分，
我把你当着一幅手巾。
将我这滴滴的血泪，
染成那斑斑的泪痕。
这是我心头的创伤，
要借你代为表征，
我将你折成数叠，
权寄与呀——
那青江的伊人！

一九三零年八月一日于渝州禁室

书信选[1]

我之尸体，我已嘱咐亲信朋友，送入渝中大医院以作解剖与实验，所以示我最后对人类之贡献。你如拘于礼教旧俗，还想将我尸体运回，而作那丑陋的悼场堪舆之举。那你就不是我的“知心”。

无百岁不散之宴席，人之死生聚散本极寻常，希你应存达观向着光明的前途走去，言有尽而意无穷。

即祝

健康

慧先　于巴县分监病榻

民国十九年十月二十六日

烈士事迹

帅昌时，又名帅慧先，1895 年出生于四川省青神县城厢镇东街。1931 年牺牲于重庆巴县监狱，时年 36 岁。

1919 年，帅昌时考入成都四川公立法政专门学校政治经济科，在学校读书期间，受到了俄国十月革命和五四运动的影响，立志革新教育，铲除军阀、官僚、政客。1920 年，他与本县曾聿修等人组织了进步的学术团体“精进学会”。1921 年，帅昌时毕业回县，担任乙种农业学校教员，后又到眉山中学担任国文教员。1923 年 2 月，他回县与曾聿修等人创办了“青神县私立精进小学校”（后设初中班），并任校长，义务推行新教育，成效显著，声誉日高。1926 年，帅昌时加入国民党（左派），被重庆莲花池国民党（左派）省党部委任为青神县党部筹建人，积极组织

[1]此信是帅昌时烈士写给他爱人周文琳的。

开展以宣传国民党全国第一次代表大会所制定的“联俄、联共、扶助农工”三大政策为中心的革命活动。

1927 年 2 月，帅昌时在成都经刘愿庵等人介绍加入中国共产党，后返回青神，以精进学校为基地，积极发展党员，于同年 4 月建立了中共青神县党支部，并担任支部书记。“四一二”反革命事变后，他不畏白色恐怖，继续坚持斗争。发展党的组织，建立农民协会，创办农民夜校，宣传革命思想，壮大革命力量。组织群众开展反帝反封建、反苛捐杂税、打击土豪劣绅的斗争，在青神播下了革命的火种，为后来青神的革命斗争奠定了基础。1927 年冬，中共青神县党支部扩建为特别支部，帅昌时任书记。不久，他根据省委决定，打入驻广汉的国民革命军第二混成旅，并担任了军事特支书记，领导军运工作。1928 年 12 月，他被调到中共四川省委任秘书长。1929 年 2 月 3 日至 6 日，他随同四川临时省委书记穆青到眉山县思蒙召开“上川南联席会议”，听取各县工作汇报，研究深入发动群众、坚持武装斗争等问题。会议期间，他整理了学习材料《暴动政策》，为党的武装斗争做出了贡献。同年 2 月下旬，他在成都参加四川省党代表大会，听取了中国共产党第六次全国代表大会精神的传达报告。同年秋，他调川东做军运工作，在驻潼南双江镇的国民革命军二十军一旅任秘书。

1930 年 3 月，帅昌时被党组织派往重庆做军运工作，任国民革命军二十一军参事。不久，青神恶霸邵飞翱（重庆地方法院推事）和邵尧生（重庆江北典狱）狼狈为奸，勾结反动政府，将他逮捕入狱。中共重庆党组织闻讯后，曾多次设法营救，但未成功。他在狱中虽病魔缠身，却以顽强的意志与敌人作坚决的斗争，任凭反动派威胁利诱、刑讯逼供，他都没有泄露党的任何秘密。

1931 年春，中国共产党的优秀党员帅昌时在重庆巴县监狱被敌人迫害致死，为党为人民献出了宝贵的生命。

1981 年 12 月，经四川省人民政府批准，追认帅昌时为革命烈士。

（四川省青神县党史县志办：《青神县部分革命烈士传略》，四川省青神县人民政府网）

曾莱

(1899—1931)

春

春来百花开满林，
米口袋撇紧，
无心去玩春。
工农同志要谋生，
军阀要打倒，
土豪要肃清。
同志们，下决心，
努力前进，
革命大功，
即将全告成。

夏

夏日田中谷子黄，
拌桶乒乓响，[1]

---

[1]拌桶：打谷用的木桶。

可望吃粭粭。[1]
背时军阀真堪伤，
捐款多花样，
催兵如虎狼。
挑黄谷，
折苛捐，
五拖六抢，
看着看着，
抢得精光。

秋

秋来桂花满园香，
军阀又打仗，
人民遭大殃。
丘八爷，下四乡，
挑抬拉汉子，
陪睡拖女娘。
倘若不依从，
要扳要犟，
钢枪一响，
命见无常。

冬

冬日天寒雪花飘，

[1]粭粭：四川土话，即干饭之意。

年关已将到，
心里慌又焦。
儿啼饥，女号寒，
衣服当完了，
红苕没一条，
债主家中逼，
如何是好？
起来革命，
才有下场！

烈士事迹

曾莱，原名曾永宗，化名蓝瑞卿，1899年11月30日出生于四川省荣县双石镇夏家湾。其父曾贯之是清朝秀才，教过私塾。曾莱在父母的教育下，从小勤劳好学，把人们的贫困饥饿，统治者的压迫、剥削看在眼里，记在心里。1918年他考入荣县中学。在学校，他阅读了《新青年》等进步刊物，革命思想得以启蒙。

1923年，曾莱抱着“教育可以救国”的思想，投考吴玉章任校长的成都高等师范学校就读。在革命思想的熏陶下，他暑假中与同乡同学发起成立“平民社”，开展反帝反封建反军阀活动。他曾在日记中写道：“无耻的杨森，还说禁止各校学生所有活动，真是莫名其妙。”“今天忽闻刘湘又与杨森打仗……所以，四川的事弄到这样糟，这真是可怜我们小百姓！”

1926年，在学校党组织领导下，学生中建立进步组织——导社，曾莱为主要成员之一。同年夏，曾莱觉悟到“教育救国”道路不通，毅然提前三个月放弃参加毕业考试，投笔从戎去武汉参加国民革命军第四学生军，投身北伐。

1927年，蒋介石背叛革命，曾莱于12月参加由张太雷、叶剑英领导的广州起义，在巷战中受伤，化装进医院治疗。因与部队失去联系，加之人地生疏，语言隔阂，不便隐蔽，只好孤身一路抬滑竿、当挑夫，行程数千里，于1928年农历二月十九日回到荣县。不久，曾莱被荣县私立旭阳中学校长谷醒华聘为教员。同年，他由陈家玉、程觉远介绍加入中国共产党；9月增补为荣县县委委员。他以教书为掩护，负责开展荣县东路和威远一带农民运动。他与丁泽光、陈三发组成三人农会小组，通过交朋友，互相串联，启发农民觉悟，发展农村会员，建立农会组织。至年底，农协组织遍及荣、威两县，会员已达2万多人。

1928年夏收时节，高山乡团防局任意增加牛头税，曾莱同中共高山支部书记黄大舜去团防局说理，黄被拘留并押送县城下狱。曾莱率众向法院告状，并率领农民200余人围攻高山团防局。团防局开初置之不理，曾莱就派代表与之谈判，并提出警告："若不取消牛头税，退回农民血汗钱，农民群众将要以武力对付。"团防局被迫取消了牛头税，退还了已收的税款，并无罪释放了黄大舜。同年，曾莱又发动乡农协会开展反对地主、富商"大斗进，小斗出""大称进，小称出"和采用"包行"等手段剥削农民的斗争。

1929年2月，曾莱任中共自贡特区委农运委员，领导群众斗争五宝镇恶霸地主李雪村，反对加租加押。荣县驻军无理逮捕农协会员龚泽然等三人，曾莱组织上万农民，蜂拥入城，冲入县府说理。县知事刘承仕无法，只好派人将被捕农协会员送出衙门。同年5月25日，县知事江载英率数十名军警在双石桥镇压农民群众，死伤20余人。曾莱化装为卖黄鳝的小贩，在军警森严戒备下，由威远五里浩潜入双石处理善后工作，并整顿队伍，坚持斗争。

1929年秋，曾莱奉调内江任县委书记。曾莱先后在内江的杨家、高梁等乡，发展农民2000余人（户）成立农协会。10月7日，曾莱率领杨家乡农协负责人，向县、乡提出免收五亩以下亩捐，并举行示威游行。县知事魏某带人下乡压制群众，坚持收捐。曾莱以农民身份面对知事说理，并写出《杨家乡农协第一次质问书》到处张贴，严词驳斥和揭露地主、土豪剥削农工的罪行。同年12月22日，曾莱又组织农民3000多人成立清算委员会，开大会清查杨家乡收支员周俊卿贪污团练经费的行为。

曾莱领导了多次内江农民运动，在群众中有很高的威信，农民称他为“曾圣人”，是当地公认的农民运动领导人。

1930年，中共四川省委调曾莱去重庆与打入国民党第二十一军特委会工作的余宏文一起，搜集情报，打击叛徒特务的破坏活动。1931年，曾莱任中共梁平中心县委书记，领导梁平、达县、开江、宣汉、万源、大竹等县革命活动。在他的倡议下，以南岳为中心的百里槽一带为据点，进行了一系列经济斗争。经过几个月艰苦工作和激烈斗争，终在虎头寨、南岳场、大树坝一带建立了纵横百余里的赤色区域，农民协会代替了封建军阀、地主、豪绅政权，外逃地主豪绅不敢回来收地租、派捐款，军阀武装也不敢轻易进犯。1931年秋天，正当梁山赤区胜利发展的时刻，曾莱被隐蔽在梁山中心县委的内奸分子杀害。

1957年12月23日，中央人民政府和毛泽东主席为曾莱颁发了革命牺牲工作人员光荣证。

（杨洪成 吴进明：《曾莱烈士事迹》，中华英烈网）

杨仁杰

(1903—1931)

写给父母的信

亲爱的父、母亲：

接到你两位老人家的信，已是两星期了。这数十天内未写回信的原因，完全是在思考是社会需要我切迫么，还是家庭需要我切迫呢？这一问题最□的答案是两种都切迫。不过在这两者之间，须看何者能做得通，得到好结果。我想家庭是社会构成者之一小部分，如果大的社会问题解决了，家庭亦当不成问题的随之而解决。反之，如果大的问题不解决，小的纠纷仍然会存在，至多也只是暂时平静罢了。即所谓“正本清源”，才是当务之急！父亲，这便是我和你们根本不同之点。我始终坚持这个意见，亦正如你老人家坚持你的意见一样。在不妨害我的这一个意见范围以内，家庭的问题依然似火一般的存在。真的呀！我有时思念你们竟使我彻夜不能眠呀！我对于亲子之间的自然情感，自信决不亚于一般人！即是说，我个人决不愿意抛弃家中任何一个可爱的人——我的父、母、妻、子、弟和姊妹等……我也热烈的盼望你们同情于我，脑海中常常有我这样一个人存在！

自海上归来[1]，漂泊孤零的生活我已过惯了，我决不怨天亦不尤

[1]自海上归来：意为自上海归来。

人！相反的，我常常感着对人类没有贡献为可耻耳！我向家庭请求浮棉[1]，决不是任何哀求的形式出现，这完全出自我爱家庭的心理，盼家庭亦站在爱我的立场上，同情我帮助我啊！研［究］竟能否将浮棉交来，请早日答复□。

棉衣转给友人，因为我爱他，又知道他是比吃饭还切迫需要，而我暂时又还可以想办法的原故。我没帮助家庭，并不是不爱家庭，而是家庭最低限度还是有点办法，并且我实在是无能效力于家庭！爱我的父、母亲，能谅我，能援助我么?!

你老人家明春二月来省，如果受饥寒交迫的我还未至于死的时候（这是实在的情形，决没有丝毫意气），当然早为老人家准备食宿的地方。我虽然这样苦，但我总想见你们一面的，因此，我总盼望你老人家不要说空话呀!! 如果那时泽娃能随你老人家而来，使我能狂吻他——我的小宝贝——一下，也就是得了人生另一种的至高尚的快乐!! 父亲，我的亲爱的父亲！你老人家能准我所请吗？说到这里，我又想起了，向你老人家……

男　家瑞呈

一九二八年十月

寄自重庆十八梯永兴公质

烈士事迹

1929年除夕之夜，成都一个黄包车夫因受车主剥削，以致穷困到了过年无米下锅的地步，走投无路之中，全家三口投河自尽。第二天大年初一，三具被打捞上来的尸体陈于望江楼畔，成都全城震动。

悲愤无比的黄包车夫们得到学生和广大民众的同情支持，为争取生

[1]浮棉：可能是指丝绵，川东、川南一带有此俗称。

存权利展开了各种形式的斗争。在这场斗争中，有一个活跃的年轻人，旧帽遮颜，破衣蔽体，拉一辆黄包车，冒着风寒奔走于大街小巷，同车夫们恳切交谈。车夫们谁也不会想到，这个年轻人竟是一个富豪之家的少爷，中共成华（成都、华阳）特区城区区委书记。

他叫杨仁杰，1903 年生于四川省西充县。本名杨仁叔，字吉甫，号家瑞。党内用名杨仁杰。他家是当地豪绅大户，父亲是清末贡生，在那穷乡僻壤之地，可以说是既有钱又有势。杨仁杰是独子，父亲一心要他光宗耀祖，成就其地主家庭的大业，从小对他严加培养，用心良苦。然而杨仁杰却在中华传统文化的教育和新文化运动的影响下，立下了追求真理、救国救民的志向。通过对社会现实的深入了解和对外来新思想的研究，杨仁杰变成了一个坚强的马克思列宁主义者。他心甘情愿放弃了锦衣玉食、飞黄腾达的个人前途，投身到艰苦险恶的革命斗争之中。1926 年，他在上海大夏大学加入中国共产党，1928 年冬奉派回川。

为了劳苦大众的幸福，他不仅自己做出牺牲，还动员家人也做出牺牲。他被调到成都从事地下工作时，曾说服父亲变卖了近 100 石田产，用这笔钱在成都为地下组织开办了一个石印铺，既作为地下活动据点，又用以维持一些同志的生活。尽管他深爱他的父母妻儿，但他却始终拒绝回家继承地主家庭的“祖业”。为了劳苦大众的解放，他宁可忍受漂泊孤零的生活，甘冒坐牢杀头的危险，只“常常感着对人类没有贡献为可耻”。

1931 年初，杨仁杰被调到重庆，在前任川东特委书记被捕后接任川东特委代理书记。不久，川东特委撤销，建立江巴中心县委。当时因“左”倾路线影响，上级单纯从“阶级出身”考虑，将一个原是杨仁杰家的雇工，后由杨仁杰带出来参加革命并一手培养成为共产党干部的马如龙，提拔为中心县委书记，而让杨仁杰在其手下任组织部部长。杨仁杰毫无怨言，一心一意搞好工作。

这年秋，杨仁杰在重庆城内十八梯的一家茶馆里参加中心县委会议时，被过路的叛徒、二十一军特务委员会侦缉员认出，不幸落入敌手。

被捕后，杨仁杰坚贞不屈，军阀把他的舅父找来劝降，并许以高官厚禄，但均遭严词拒绝。

1931年10月29日，杨仁杰与在他之后被捕的中共江巴中心县委军支书记李家俊一起，被杀害于当时重庆城外的罗家湾刑场（今重庆市少年宫大门对面）。在被押赴刑场的路上，两人毫无惧色，高呼革命口号，把敌人搞的“游街示众”变成了展示共产党人英雄本色的庄严示威。

（中共重庆市委党史研究室编：《血泪的嘱托》，重庆出版社1996年版）

李家俊

（1903—1931）

绝命词

身似虎，
气如虹，
那堪囚蛰［絷］在笼中。
安邦志，
济民衷，
潜伏爪牙，
忍气吞声，
任彼小丑且横行。
他日身返潭穴后，
再作霖雨济群生。

家园诗

青的山，
绿的水，
灿烂的山河；
美的家，
鲜的食，

峥嵘的楼阁。
谁的功？
谁的力？
劳动的结果。
全世界工农兵联合起来呵！

劳农歌[1]

我们劳农真可怜，
栉日又沐雨，
饥寒常整天。
春种田、秋收谷，
敬献军阀前！
只在衣食住，
老死没一全，
受尽地狱苦，
谁为尔申冤？
仰侍父母，
抚恤妻子，
终作画饼餐！

世界革命起，
潮流遍中华，
奴隶们，莫沉睡，
快、快、快起来！

---

[1]李家俊创建川东游击军（后改名为四川工农红军第一路游击队），带领党员和革命骨干在万源乡村调研、从事地下工作，编写宣传歌谣散发传唱，发动群众参加革命，在当地广泛流传。

杀尽贪官吏，
剥完土豪皮，
社会谁之功，
劳动的结果。
各尽所能，
各取所需，
快乐逍遥矣！

吊胡洪疆[1]

农军痛哭吊英雄，
革命豪情志当红。
血祭神州全不顾，
换来天地万年春。

吊唁戴重[2]

战士英容冠群雄，
传来噩耗泣三军。
牛头山麓遥相祭，
血写诗文吊唁君。

[1]1929年冬，李家俊在得知川东游击军第二支队队长、亲密战友胡洪疆被叛徒出卖英勇牺牲后，无比悲痛，满含泪水写下了吊唁诗。诗名由编者所加。

[2]1930年8月，四川工农红军第一路游击队第三支队长戴重在陕西镇巴县被敌人杀害，遗体摆在镇巴郊区牛头山麓。李家俊闻知噩耗，悲痛之极，咬破指头挥血题诗，以此纪念。

烈士事迹

李家俊，1903 年 8 月 10 日生于四川省万源县（今万源市）固军坝。他初小毕业后，先后入万源县城高小和绥定（达县）联合中学读书。五四运动的革命浪潮卷入四川后，他接受了革命的新思想，积极参加社会活动。1921 年 5 月 1 日，李家俊以“万源旅外学生会”的名义，编发《萼山钟》报，提倡改革，抨击时弊。不久，绥定联中校方以“言论过激，违章肇事”为由，将他开除学籍。

1922 年秋，李家俊赴上海考入同济医学院。他经常阅读《共产党宣言》《新青年》《先驱》《觉悟》等革命书刊，深深感到只有共产主义才能救中国，于是，毅然放弃学医，从 1923 年春起，先后在上海、北京、山东等地从事社会考察，参加革命实践活动。由于生活艰苦，他身染肺病，于 1924 年夏回到家乡。这时，正值四川军阀混战。面对遍地干戈、山河破碎、人民不堪其苦的现实，李家俊为培养青年，教育群众，发展革命力量，于当年秋接办了厚坪小学。他聘请进步教师，建立新的教学制度；提倡男女平等，改革社会风气，反对封建礼教和封建迷信。他以鲜明的观点，犀利的笔锋，写了一篇题为《小学教育之失败与成功》的论文，系统地阐述了新的教育思想和方法，对封建教育的种种弊端予以痛斥。在李家俊主持下，经过一年的努力，厚坪小学的面目焕然一新，远近青年都很仰慕。万源县政府无理克扣本县学生赴外地求学的生活费，李家俊带领青年学生直趋县府公堂，要求评理。县知事以“哄闹公堂”之罪将他逮捕。他在狱中坚持斗争，并在墙壁上写下了一首《绝命词》，表达了济世救民之志。

1926 年春，李家俊被释出狱。1927 年 10 月，他加入了中国共产党。

中共六大后，王维舟、唐伯壮等四川籍的共产党员回到川东，在宣汉、万源一带开展群众工作，组织农会，积极准备在川东北发动武装起义。李家俊积极投入了发动和组织群众的革命活动。

1928年冬，他装扮成“春官儿”，背上一捆印有“春牛图”的历书，走街串户地叫卖。一有机会，就宣传讲演，揭露控诉军阀、官僚贪污和敲诈勒索的罪行。农民听了深受启发，纷纷要求李家俊带领他们进行斗争。经过李家俊和其他同志深入细致的发动，固军、白羊、井溪、旧院等两个大区、六七个场镇和宣汉的石铁、新华等地的农民和烧炭工人团结和组织起来了。

1929年4月，王维舟、李家俊在万源固军坝发动了起义，成立川东游击军，李家俊为司令员，唐伯壮为政委，雷玉书为副司令员。6月队伍改编为城万红军。1930年1月，中共四川省委正式命名这支部队为“四川工农红军第一路游击队”。

军阀刘存厚命令万源驻军刘志超派兵“清剿”。李家俊机智地指挥部队，在农历四月初三夜半在白羊庙分三路袭击敌人。这一仗共歼敌70余人，缴获枪支50余支，鼓舞了革命军民的斗志。

刘存厚在白羊庙失利后，命令廖雨辰带领近三个团的兵力赶赴万源“清剿”游击区。游击队采取诱敌深入、转移到外线作战的方针，于9月18日趁敌不备，以1000余人的兵力夜袭白羊庙敌指挥部，击溃敌军一个营，收复了白羊庙、石塘坝；并先后在龙潭河、石塘坝、木纳溪等地，给敌军以沉重打击，迫使廖雨辰龟缩在万源城内。敌人的第一次“围剿”被粉碎了。接着，游击队又击败了刘存厚于11月中旬发动的第二次“围剿”。李家俊在战斗中机智勇敢、指挥灵活、多谋善断，还多次化装深入敌人巢穴探听敌情，显示出大无畏的革命胆略和勇气。

1929年底，四川省委派李哲生（文强）到固军坝加强游击队工作，成立了宣（汉）、达（县）、城（口）、万（源）四县行动委员会和城万红军总指挥部，由李哲生任书记，李家俊任副书记兼城万红军总指挥。这时，川东游击队已发展到2000多人，800多条枪，建立了1000余平方公里的革命根据地，还成立了1个县农会、4个区农会和23个场农会，革命力量有了大的发展。

1930年5月，反动军阀刘湘、刘存厚联合集结了五个团的兵力，加上宣汉等四个县的民团，约万人，对根据地发动了第三次“围剿”。敌人步步为营，把游击区团团围住。战斗中游击队损失很大。游击队化整为零，时聚时散，不断打击敌人。但是由于敌我力量悬殊，这一地区的斗争于7月失败。

不久，李家俊被调到中共四川省委做军事工作。在省委领导下，李家俊以重庆为中心，先后在江津、合川、忠县、长寿等地策动武装起义。但由于敌人力量强大，加上受李立三错误路线的影响，几次暴动均遭失败。1931年春，省委西迁成都后，李家俊担任川东特委军委书记，后又任江巴中心县委军委书记，负责领导以重庆为中心的川东各地的军事武装工作。尽管当时重庆环境十分险恶，李家俊仍英勇机智地在敌人心脏坚持斗争。

1931年10月26日，李家俊从合川回到重庆，由于叛徒出卖而遭逮捕。刘湘曾对人说：“只要他李家俊输个口，或者写张悔过书、自白书，我就可以放他。要官有官做，要钱有钱花。”李家俊听说后，坚定而轻蔑地说：“共产党为国为民干革命，有什么口该输，什么过该悔？他刘湘想让我投降变节，那是白日做梦！”敌人对这条硬汉子无计可施，于1931年10月29日，将李家俊杀害于重庆罗家湾，时年29岁。

（王永清：《李家俊烈士事迹》，中华英烈网）

郑佑之

(1891—1931)

写给李坤泰（赵一曼）的信

幺妹：[1]

我看见你激烈的性情，过人的聪慧和近来感受压迫的痛苦，我已决定你是一个改造社会的得力人了。所以我极想帮助你，引你到革命的路上去，今天接着你的来信，我愈觉我的料想不错。老幺的智识不高，因为他还是童子，但是他想帮助你的心很切，你慢慢的指导他，他将来必可极力帮助你成一个革命党人。你哥哥呢，他本来的天分很高，事事都懂得起，不过他的脑筋，被银钱闹昏了，所以他这样做，你也不必过于怪他，因为他有了妇人，又得了几个儿女，所以他不得不这样做。依得说来，他这宗行为，完全是自私自利，公理上到也说不过去，不过他既被银钱所迷，实不能轻易摆脱，你比他觉悟得早，正该要怜他、助他，使他觉悟，也才是改造社会者的态度——以后不必向他争闹了。

吃不吃牛肉，与守旧是无关系的，你与妈寸嘴，我也不能责备你，我也不必问你的原因，但是你要防着外人谈你的坏话。所以我劝你在家里的时候，事事要平和一点才好！我说这话，并不是怕这一般顽固老朽（我是什么都不怕的了）。你是才出来的人，学识既少，胆气必弱，恐怕将来人人反对你，把你这一点上进的志气销［消］灭了（遭人诽谤是免

[1]幺妹：即李坤泰，亦即抗日民族女英雄赵一曼，是郑佑之妻子的幺妹。

不脱的）。

就拿你写给我的信来说，本来写信一事，是很平常的，稍微有点智识的人，都不至于说。但是这般反对的人，必定大大说你不然，将来或许还要乱说你一些，这一层我不得不预先警告你。

我的为人，你哥哥他们是晓得的。近来大家都说我是共产党（其实我是青年团不是共产党）了，这也不要紧，他既说我是共产党，我就自认是共产党。但是，共产党是正大光明的，是不怕人的。讲到亲戚上的感情，我是极愿帮助他们的；讲到实行上的主张，我是不将就哪个的。他们若是要看我的信，你尽可以拿给他们看。他说我要邀这一般青年男女入共产党，我硬是邀这一般青年男女入共产党；他说我要打灭私有财产，我硬是要打灭私有财产。随便甚［什］么古先圣贤的话，都压我不下了。他们的思想，根本上与我们不相容，这一层你也要晓得。

今带来《中国共产党宣言》一份，《女子参政之研究》一份，《精神讲话》一本（这三种书可以随便看），《两个工人谈话》一本（这是鼓吹无政府主义的，你要留心，并不是完全都对），《民治报》二张，你可查收。

你说你小时“父亲的教育不严”，这话错了。凡是父母教育儿女，必定要晓得儿女的“个性”，“因势利导”，引他到正路上去，才是对的，并不是说教育儿女一定要严。口口说教育儿女要严的人，就是不懂教育的老腐败。你父亲虽说对待你们是很爱惜，但是，比我做起那凶神恶煞的估住你们，打骂你们，是高明万倍的了。自然，一味爱惜，会惯坏了你们；但是你父亲，并不是一味爱惜的，你若说你父亲不开通，未做得有好多好榜样给你们学，这是不错的，说他不严，那就大错了（错在一个严字）。你要晓得，我说“赎过”的话，并不是说来使你喜欢的。你具有这个激烈的性情，将来你若是当教习，你就要好好记着，教育的好歹，并不在严与不严。

你的信写得很好，你幺弟读了这几年书，都赶不到，并且有些地方，连你哥哥都说不到这么透彻动人的（此二字将来或许招人揣议）。你好生操习，将来必可成为新文学家。叙府[1]的老先生，也住不久了，你考学堂，各自做白话，不怕得，一定考得上（内面有几个女教习）。

你说："我受这些艰难，完全是旧社会……的过恶"，这话很对。你既认清楚了，就当要打破他，改造他，免得他又去害年幼的人。

你说你不怕水了，这是很可敬的。一个人要有这宗胆气，才能出门读书。你看往年康有为的女，从日本独自一人到欧洲，走几万里路去会他的父亲，那海洋波浪的凶恶。还说你感激我和萧简青[2]和二姐，这话莫说了，我们都是应该帮助你的。讲到你父亲待我们的情分，我们尤其是应该帮助。你将来若是入了青年团，你还是一样的要去帮助人。"感激"二字，再也休提。

二姐是很有侠气的人，只要他不死，你的书必读得成器。将来我游学回来了，还可以设法帮助你上进。二姐的信，我随后就写，你不必愁，他必定要始终帮助你。话说多了，我要不说了。再警告你一句：出门读书，有好有歹，危险是免不脱的，只要你随时留心，还是不怕得。来信（三张纸）和二姐给你的信（一片纸）俱带回来了，删改处可以一看。

"你的父亲"这四字，我写了几回了，不通的人见了，必定说我要不认亲戚，所以不喊"岳父"，喊"你的父亲"。但是这般固然不通的话，够不上我去回答他。

我要附告外来看信的人[3]：假如你们看见这封信，这封信先落在你手中，你们只管看，但是看了，要交给收信的幺妹一看，切不可弄来藏了，烧了，把你自家的人格失吊［掉］。

《［中国］共产党宣言》，是人人都看得的，但是未见得人人都看得懂，若是看不懂，歇几天又看，将来终究会懂的。

危险在门前来了，老朽的人，你们有甚［什］么法子能避？早点放开眼界，尚可减免些无谓的淘气。若不把旧思想扫除干净，必看不进我

---

[1]叙府：即宜宾。

[2]萧简青：赵一曼的二姐夫。

[3]外来看信的人：指偷窃信件、控制赵一曼行动的守旧亲属。

这封信。我也不愿固执不通的人来看。看呵！被压迫的人，将要联合起来，实行革命了，危险已在门前！

佑之

十月初七日[1]

写给亲人的遗书

亲爱的弟弟们：

……[1]劝不见几[2]的哥哥现在与你们长别了！你哥哥生性愚戆，所以虽然你们再四苦劝，涕泣要求，终不能相听丝毫，又因为脑经［筋］钝滞［迟］，所以常常失几失事，现在已经走到末路了。自然你们听着我的噩耗必然惊恸欲绝，但我请你勉抑哀情，静听你哥哥最后的遗嘱!!!

弟弟：你哥哥这点地方[3]早已保持不住的了。请你不要站在封建观点上怪哥哥不能保守祖业，你哥哥是因为受尽人世间苦痛（家们亲戚多半舍我），所以加入共［产］党。未加入前，有被土劣算尽之前途，既加入后，有被军阀没收之危险。今后又有被农民没收之可能，对我这一点地方，早迟是要被没收的。假如还侥幸暂存的话，我希望你们全部丢在我办那个普岗寺学校[4]内（自然学校还是收不倒［到］两年，不过我们不管他收几年）。

至于你的二嫂，你可把我的会钱、谷价钱给他［她］做生活费。他［她］肯同你们一路，希望你好生看待他［她］。他［她］不肯同你们一

[1]此处原件破损，残缺数字。

[2]见几：指事前明察事物细微的变化。《易·系辞下》："君子见几而作，不俟终日。"

[3]地方：指郑佑之从地主家庭继承的田产。从20世纪20年代初开始，郑佑之就变卖家财，捐赠田产，创办学校，培育革命人才。到他被捕时，在他名下的田产已所余不多。

[4]普岗寺学校：郑佑之于20世纪20年代初回家乡发展社会主义青年团组织时，为培育革命人才而在家乡宜宾县古罗场创办了普岗寺平民学校，免费招收劳苦大众的子女入学，由他的四弟郑瑞符担任校长，他掌管教学业务，并亲自教课，不领薪金，自备伙食费。还在普岗寺学校建立了团支部。1925年5月，因郑佑之揭发豪绅压榨农民而得罪当地邪恶势力，普岗寺学校被古罗乡团正勾结驻军捣毁，一度停办。

路，你把钱拿给他［她］，随他［她］搬也好，另找爱人也好。

我那两侄你们好好送他读书，不要娇养惯了，我自恨莫得东西给他们。我只有这几个字“胆大，心细，忍耐，读书”，这是我生平的缺点，希望他们莫像我。

你的地方我也曾苦苦劝你卖来做生意，[1] 但是你不听！现在我最后再劝一句：“仍是希望你们把地方卖来做生意。”你们将来免不脱农民没收，不如现在卖来做小生意，将来任何政府都不没收小商人的资本的，这一点我望你们接受，开始学做生意。

伯父年纪高大了，不要把我的真消息告诉他，两侄的幼稚的心灵，也莫把我这消息去震撼他，他们不问就不说，一问就说害病死，葬在某处就是了。

弟弟：你哥哥死在重庆，你莫伤心，你得空就可以来把我的尸骨焚化，装在坛子内搬回家乡，葬在普岗寺背后那个窝堂内，如不可能，就葬在左跳子父母坟墓之侧（与二嫂合葬亦可）。

假如你不空，或者莫得路费来，就请找二嫂来，或者托此地同乡人，把我埋葬后，立个木牌就够了。

弟弟：你们生平小心谨慎，不涉足政治，从前自然是避祸的好方法，现在形势不同了，两面壁垒森严，斗争残酷。你在故乡，再中立还是要受两面的压迫伤害的，我希望你出门做生意，才能暂保你那中立态度，少受些冤枉灾祸。好在你哥哥死后再莫得人来拖累你们受惊受骇，你尽可以出门安心做生意了。

弟弟：你哥哥这回是在袁家被捕的，事前你哥哥坚决不到袁家，而

[1] 做生意：即后边所说的“做小生意”。民间历来将做小生意视为靠诚实劳动自食其力的劳动者。郑佑之殷切希望弟弟脱离地主阶级，转变为劳动者，坚信革命必将消灭地主阶级。

老人再三强迫你哥哥去[1]，这是你哥哥死不甘心的，请你把我这个意见传播与一般人知道，以待将来的公论。

弟弟：你不要因为痛心你哥哥之死就起心报复，这仍不是你哥哥的意见，假如你们要这样做，就陷害你哥哥死后落一个反动之名。我只希望你宣传出去，使他们心痛，使他们受舆论的制裁，反对你们有报复行动[2]。

弟弟：你哥哥担心你们将来生活无着，怕要走到漂流他乡异国过白俄的流浪痛苦生活，因此苦心苦口劝你们现在就卖地方来做生意，学做生意。

弟弟：你我弟兄一场，就此分手了，希望你们不当小地主，而当一个小商人。别矣，弟弟！

佑之

十二月三十日

烈士事迹

正月十五已过去五天，民间的春节喜庆活动都已先后结束，走亲访友的人们也都纷纷打道回府了。但是在1928年初春的日子里，在重庆城

---

[1]袁家：袁世勋家。老人：民间对家长的俗称，此处指地下党组织负责人。当时中共江巴中心县委书记是马如龙，水平低，能力差，仅因出身雇工而被执行“左”倾路线的上级提拔到领导岗位上（后卷公款潜逃回乡买地当了地主）。1931年12月26日夜，因一个担任保卫地下党组织和制裁叛徒工作的特务队员投敌叛变，引起一系列破坏，被捕者中又连续有人叛变，形势十分危急。郑佑之同被捕者和叛徒中的一些人曾有过联系，理应迅速撤退，但马如龙却仍要郑佑之到中心县委交通站负责人袁世勋家去“收回文件”。袁世勋当时已经被捕叛变，郑佑之去后即被埋伏在袁家的特务侦缉员逮捕。

[2]反对你们有报复行动：这段话实际上是对当时与郑佑之假扮夫妻从事地下革命工作的李坤杰等党内同志的告诫。因为郑佑之的弟弟“生平小心谨慎，不涉足政治”，而且不在重庆，显然不可能知道谁是“老人”，不可能报复。郑佑之担心的是党内一部分同志，因他的被捕被杀而找负有责任的领导人进行追究，引起党组织的分裂。

附近的巴县铜罐驿乡间，当地有名的地主周团总家里却来了一二十个穿戴不同、口音各异的年轻宾客。他们在周家大院右厢房里几张并拢来的大方桌边围桌而坐，一个个神色兴奋而又严肃。

旁人不会想到，这就是中共四川临时省委召开的扩大会议。临时省委组织局主任周贡植的父亲是这里的主人，一个同情支持革命的开明地主，共产党人利用他的掩护召开了这个重要会议——建立正式的四川省委，讨论革命暴动计划。

会议已经开了一天，川南的一个代表因路途较远，迟到了，进入会场时就特别引人注意。坐在他对面的一位共青团代表，见他一脸长长的络腮胡须，双目炯炯有神，很有些像革命导师马克思的样子。这位共青团代表便在一张纸上随手画了一幅速写，头戴圆顶翻檐帽，脚蹬麻耳草鞋，土蓝布长衫的下摆挽起来掖在腰间，左肩上倒挂一把雨伞和一个棒槌状包袱，风尘仆仆中显出神采奕奕。画上题名："马克思来临!"

那时的会议代表大多是20来岁的年轻人，生性活跃，无拘无束，这幅画便在代表中传阅起来。传到临时省委书记傅烈手中时，这位年仅29岁的中央代表也忍不住笑出声来。于是，全场大笑。

这位迟到的代表就是郑佑之。从此，"第二马克思""四川卡尔"成了他的外号。因他长期活跃在川南农村，是川南宜宾地区著名平民教育家和农民运动领袖，所以又有"川南农王"的美称。在这次临时省委扩大会议上，他当选为第一届正式的四川省委委员。

郑佑之，原名郑自申，佑之是他的别号，党内化名张荣山。他1891年生于四川省宜宾县（今宜宾市叙州区），20世纪20年代早期加入社会主义青年团，后转入中国共产党，1926年1月在宜宾创建了四川最早的党支部之一——中共宜宾特支，任特支书记，以后他历任中共川南特委委员、自贡特支书记、合川县委书记等职。

郑佑之很重视教育，注意人才的培养。他通过捐资办学造就了大批革命人才。他的妻妹，有名的抗日民族女英雄赵一曼，就是在他的引导下成长起来的。

1931年2月，因立三路线的“左”倾盲动给四川革命力量造成了重大损失，中共四川省委与共青团四川省委联席会议决定：为加强省委工作，调郑佑之到重庆。

他刚到重庆不久，就发生了“寮叶巷事件”——因叛徒出卖，省委秘书处交通机关被破坏，中共四川省委被迫迁往成都。省委迁走时，在重庆另建了川东特委，领导重庆及川东地区工作，郑佑之被留下来担任川东特委组织部部长。不久，川东特委书记被捕，省委决定撤销川东特委，另建江巴中心县委，郑佑之任中心县委秘书长，继续坚持在险恶环境里工作。

郑佑之是当时四川党的领导干部中的最年长者：40岁。凭着他长期对马列主义理论的学习研究和多年从事基层农民运动的实践经验，他在四川干部中最早觉察到中央（王明）路线有问题。他认为那时以城市为中心的“左”倾路线不符合社会实际，主张把党组织的主要力量转移到农村，组织武装斗争。他的意见和主张在当时党组织内居于少数，并被扣上“农民意识”“右倾逃跑主义”等帽子。

尽管如此，郑佑之仍千方百计为开展农村武装斗争作了一些准备。当时，他大胆采取分化瓦解、打进去拉出来的策略，把一批不愿或不敢继续作恶的叛徒组织起来，在二十一军特务委员会这个叛徒窝中建立起了秘密组织“良心会”，为党组织工作。通过良心会成员的努力，他先后搞到一些枪支，送往川南农村。

1931年底，因叛徒出卖，反动军警在重庆城里开始了大搜捕，被捕人员中又连续有人叛变。在此危急形势下，郑佑之本应立即撤退，但当时执行“左”倾路线、长期对郑佑之排挤打击的“老人”（即江巴中心县委书记马如龙）却硬逼郑佑之到城里一处交通站去“取文件”，致使郑佑之落入守候在那里的叛徒手中。

郑佑之在敌人审讯时从容镇定，坚强不屈。虽然他对自己的被捕和将要被杀害“死不甘心”，但他在给亲人的遗书中，仍然以革命大局为重，只希望亲人把他被捕的情况“传播与一般人知道，以待后来的公论”，而坚决禁止亲人对导致他被捕的地下党领导人采取报复行动，表现出一个革命者的崇高精神境界。

1931 年 12 月 30 日中午，郑佑之被杀害于当时的重庆城外罗家湾刑场（今重庆市少年宫大门对面）。临刑时虽被勒住了口舌，他仍高唱《国际歌》，慷慨就义。

（中共重庆市委党史研究室编：《血泪的嘱托》，重庆出版社 1996 年版）

易心谷

（1901—1932）

与妻子的遗书

孝谦：

时序已把春天又流去了，转瞬就是蒲节。我想，我们没有同着赏过这个节气罢了，的确什么都消磨牺牲在我的不警觉和不顾惜中，枉自我们说是有了七年历史！知道你亦是为了这点而寂寞、感伤、悲愁罢！

从前还有个“希望将来”怀抱着，而现在呢？逐渐使我们化分在两个国度里，不说会面，通信都发生困难，渺茫的将来可怕的将来哟！究竟将使我们这生完全不能会面了吗？

这个问题，随时都捉着我的思力辗转的想，想到整个人的渺茫空幻，脱映出我们关系间的日趋模糊，使得我心灵上随时起一种广泛的不能形容的微痛。孝谦：这点你将骂我是在玩弄深沉的（宇光送我的批评）虚伪罢了，我，现在难已是大恶不赦不能使你了解不能见谅于亲爱的朋友们了。

记得已经要满一年的期间了罢，就只得着你的一封信（去年四月得过信后，就只去年冬月间接过你一信），自然我随时都想接着你的信，但亦随时都不想得你的信。孝谦！这中间我自己下了很大的努力，包含了我无限的苦衷啊！

孝谦：只要你承认我是忠实于革命的战士，你什么都了解了。但或者你就是因为承认我忠实于革命即是不忠实（你所谓不忠实）于你的证明罢了，这个，我无话分辩。实在，我曾经为我在革命上面发生过动摇，所以为要忠实于革命而对你下很大的决心，可是，我并没有一点是嫌你恨你啦。

废话我已不再说了，你知道我是在理智不能克服（感情抑压着理智了）的情势下想你啦。请你马上详细的给我一信，以慰我的渴念。

其余好友们，代我致意问候，但我并不希望她们再对我太好了。

祝你健康！

朋友们代为问候。

府上统此问候。

谷

一九三二年五月廿七日

回信交梁山县石桥铺梁山街袁义和店转王德明收

烈士事迹

易心谷，原名心固，又名光祺、醒独，别号杨胡子，1901 年出生于四川省富顺县屏西乡（今屏峰乡）大石姆一个书香门第家庭，祖父和父亲都是清末秀才。

易心谷幼时在家乡达泉湾读私塾。1909 年，达泉湾创建南区模范小学，他即转入就读至毕业。他同情穷苦人民，自幼喜欢同穷人的孩子一起割草、放牛、钓鱼。长大后，他看不惯那些讲排场摆阔气、打牌吸烟的少爷、小姐。他极端反对坐滑竿或轿子，常对兄弟姐妹说："以人抬人，是不平等之尤者。"在南溪和泸县读中学时，往返路程在百里以上，他总是步行，并自担行李。一次，妻子包孝谦坐轿回家，他正色问她："那抬轿子的是啥子？"她答："是人嘛。"他指责说："既知是人，为啥要别人抬你，你不觉得害臊吗！"

易心谷原名心固，是他父亲所取，典出《左传》中“举趾高心不固矣”一句，意在教育他做人不要趾高气扬。后来，他自己更名为“心谷”，意谓稼穑艰难，时刻不忘农夫。

读书时，易心谷常对同学说：“我日后决不做凭借遗产生活的纨绔子弟，决不做卖国求荣的官吏，更不做克扣军饷的军官。”由此可见他的品格和志向。

1919年，五四爱国运动兴起。这时在泸县中学读书的易心谷，积极和同学们一道走向街头，参加讲演和检查日货。他的讲演慷慨激昂，十分感人。当时任泸县百货业公司理事长的罗秉文曾说：“易心谷和同学们的爱国热忱十分令人感动，因此，我告诉百货业的同行，此后再不要进日货了。”

在此期间，也耳闻目睹旧中国外受列强欺凌、内遭军阀混战、民生凋敝、国运濒亡的景况，内心十分愤慨。他曾恭楷抄录台湾爱国诗人丘逢甲的七绝诗，以寄托自己的愤懑和爱国之情：“春愁难遣强看山，往事惊心泪欲潸。四百万人同一哭，去年今日割台湾。牙旗鬣鬣卷东风，旧事真成一梦中。自有千秋诗史在，任人成败论英雄。”

易心谷在泸县中学毕业后，怀着满腔热情寻找救国之路。他曾赴重庆报考留法勤工俭学预备班，后来因为没筹到旅费而未能赴法。

1920年春，易心谷经亲友举荐，考入驻防永川的陈国栋师军官教导团，学习一年毕业后，在陈师任副官。此后，他被迫多次参加军阀混战，内心极为苦闷。

1926年，中共四川地委为配合北伐进军，决定在年底发动泸顺起义。12月1日，泸州起义爆发。这时，易心谷在泸州驻军第四混成旅旅长袁品文部任连长。他积极参加了起义，曾率部随第二团进攻忠山，迫使军阀赖心辉驻在忠山上的直属炮兵营投降。起义胜利后，部队组织宣传队，到街头和各连队展开革命宣传，他同其他军官一道，领头参加了宣传活动。后来，刘湘拼凑起川黔联军围攻泸州。泸州军民在刘伯承的领导下团结奋战，坚持数月后终于失败。易心谷随袁品文部突围，撤向贵州。

此时易心谷已升任营长，但由于部队被贵州军阀周西成收编，他不愿再留在军阀部队中，便于1928年毅然离职，返回家乡。

1928年夏天，他改名易醒独，赴南京考入国民党中央军官研究班。在南京，他同十余名四川青年，经常聚集在城南僻静的胡家花园，学习进步书刊。之后因为他在中央政治大学读书的兄弟易光杞涉嫌参加共产党被捕，他便离开南京去上海。之后，他离开南京到上海，旋至北京，未几，返回四川。

1930年秋，中共川南行动委员会按照四川省行动委员会指示，决定组织发动驻广汉的国民革命军第二十八军第二混成旅两个团武装起义，并随即决定由刘达（刘连波）、曹健民（曹荻秋）、徐孟超、廖宗泽等人组成前委，负责发动和领导这次起义。

此时，易心谷已是共产党员，在马智毓师任中校团副，驻灌县。他也受命担负这次起义的准备工作。他曾接受薛彦夫的邀请，并经组织批准，利用到成都的机会，以游草堂寺为掩护，为游击训练班的学员讲过游击战术和其他军事知识。由于他有丰富的实践经验，因而讲课生动具体，深入浅出，很受学员欢迎。他还同刘达、廖宗泽等，分别会见了广汉驻军内的部分党员士兵骨干，了解了部队的情况。

10月20日，廖宗泽在薛彦夫的住处召开到广汉前的预备会议，易心谷、雷润侯、薛彦夫等人参加。会议决定各人化装先后于23日前到达广汉北街宏发旅店，住下待命。易心谷为小组联络人。

10月23日上午，易心谷到达广汉，住进宏发旅店。黄昏时候，薛彦夫、雷润侯也来店投宿。此时，易心谷身穿长衫，正同几个茶客坐在一起喝茶。坐了一会，易心谷起身走出店去。接着薛、雷二人也跟着走了出去。到了街上，他们才渐渐走到一起，边走边谈。易心谷对他们说："你们对本地街巷情况恐怕不熟悉，我们先去转一转城墙四门，看看地形，找个小馆子吃饭后，再到各街各巷去走一走。"于是，他们装着悠闲的样子，漫步街头，察看了四门和各街巷地形。

此时，各项准备工作已经就绪，最后经行委批准，于10月25日晚举行起义。由于旅店晚上 9 时以后要关门，出入不便，易心谷等人便于 25 日晚 9 时前出店，在街上转转，又到茶馆、酒店坐坐，等待起义信号。

10 月 25 日晚 11 时，全城电灯刚熄灭，广汉中学钟楼上便响起了洪亮、急促的钟声，随即北门外首先响起了枪声，接着城内各营地也陆续鸣枪响应。不一会儿，警察局一带燃起冲天大火。经过短时间战斗，各营地都先后起义。唯有旅部手枪队，驻在旅部所在地考棚，仍在负隅顽抗。易心谷奉命率领起义部队向手枪队发起进攻，并迅速突入考棚，手枪队慌忙夺路翻越城墙逃走。

10 月 26 日下午 4 时，起义部队在广汉公园开大会。曹健民代表前委宣布成立中国工农红军第二十六军第一路，下设两个纵队。易心谷被任命为第二纵队司令员。会后，2000 多红军撤出广汉，向绵竹进发，准备占领绵竹后在西山一带发动农民开展游击战争，建立革命根据地和苏维埃政权。易心谷被任命为进攻绵竹的指挥员，并率领第二纵队担任前锋。当晚，红军宿高骈、金轮两地。

10 月 27 日，易心谷率部从高骈镇出发，迅速抵达新市镇。易心谷命令小部队在正面佯攻，主力部队则迂回到镇侧背发起猛攻，迅速将守敌驱逐。当晚，红军在新市镇宿营。

10 月 28 日，易心谷挥师挺进，沿途打退了绵竹守敌蒙善伯团派出的阻击队和保安队的阻挠后，直逼绵竹城下。当晚，易心谷指挥部队猛烈攻城。红军战士虽然勇敢顽强，发起了多次冲锋，但终因城墙坚固又无重武器而受阻。此时前委领导同志从新市镇赶来前线，并由薛彦夫率警卫大队前来增援。当易心谷同徐孟超等正在研究准备调集主力进行突破时，一个大队长突然在后面大声喊叫："后面的追兵打过来了!"并擅自率部撤离阵地。这一行动迅速波及全线，部分战士和农民自行溃散，无法制止。于是前委被迫放弃攻城计划，下令部队撤离绵竹县城。前委还决定调整领导成员，任命易心谷为前敌副总指挥。次日部队撤到汉旺场后，不仅伤亡失散很多，而且内部不稳，再加上军阀部队紧追围堵，于是前委决定外来干部一律撤离。随即易心谷同廖宗泽一道离开汉旺场，转道到成都。这时，国民党反动派正在成都残酷捕杀共产党人和进步人士，全城笼罩在一片白色恐怖中。易心谷便又离开成都去重庆寻找党的组织。

1931年，易心谷受党的委派在重庆从事兵运工作。下半年，他又被派往下川东担任军委工作。军委撤销后，他担任开江特委军支书记，以后又担任开江特支书记。他经常化装成农民，在各地进行活动。

1932年，易心谷调任梁山中心县军事部长兼兵委书记，参加中心县委常委，任虎南区农民赤卫大队总教练。此时正是叛徒金方勋（外号金长毛）的顽固猖獗的时候，他积极组织和训练赤卫队，提高战斗力，并利用有利时机狠狠打击敌人。每次战斗，他总是身先士卒，在战场上往来驰骋，努力杀敌。短短两三个月时间，赤卫队不断壮大，声威大振，使敌人闻风丧胆。

1932年5月，易心谷去达县巡视军支工作并检阅赤卫队。任务完成后，他同警卫员金方贵，在返回赤区途中与达县知事张仲孝率领的100余人相遇。他们立刻隐蔽到树林里，等敌人走过后才出来，不料又遇到两个掉队的敌人。其中一个司务长见易心谷手提一只竹篮，以为里面藏有鸦片，便高叫“检查”，并伸手要去揭盖在篮上的手帕。易心谷见势不妙，随即从竹篮里掏出手枪，连击数发，将两个敌人打伤，然后迅速向树林里转移。前面的敌人听到枪声立即折回追来。易心谷在田坎上奔跑时，不慎跌了一跤，枪掉入水田，他拾起一看，枪筒里塞满了稀泥，便一边跑，一连捅枪。当他们跑到大树坝与南岳杨交界的神农沟竹林里隐蔽时，被一个打猎的发现，向他们开枪，击中易心谷的头部。他头上流血不止，继续奋力奔跑，但终因伤势太重，无力再跑，被追来的敌人抓获。

易心谷被关在南岳场。张仲孝亲自审问，并三番两次到监狱“开导”“劝告”，许以官位和金钱，企图诱使易心谷反共。但易心谷丝毫不为所动。张仲孝恼羞成怒，又妄图用严刑拷打来使易心谷屈服。可是，易心谷横眉冷对，毫无惧色。他在法庭上严厉斥责国民党军阀压迫民众的种种残酷罪行，使张仲孝狼狈不堪，使听审群众无不感动。他曾严正地对张仲孝说："我是共产党员，坚信我的理想终将实现。你们休要妄想改变我的理想！我只要活着一天，就要和你们斗争一天！我现在已成了你们的阶下囚，废话少说，要杀要剐任凭你们。你们欠下百姓的血债，迟早是要用你们的血来还的!"

在狱中，易心谷自知已不能活着出去，为革命最后献身的时刻已经到了！这时，他想得很多，想到了他短暂的一生，想到了他为党为人民所进行的斗争，对这些他感到死而无憾。他也时时想到他的家人，尤其是他的妻子包孝谦。他和包孝谦在1926年春节结婚。婚后第13天，他就离家赴部队。以后他四处奔波，极少有时间回家。结婚7年，他们相聚的时间还不到1年啊！每想到此，他就不由得有一种负疚之感。1932年5月27日，他提起笔来给妻子写最后一封信，以表达他对革命的忠贞及对妻子的思念和歉疚之情。

1932年6月3日，易心谷在达县南岳场被敌人杀害了。他在走向刑场的时候，态度从容，毫无惧色。他面对敌人的枪口，高呼革命口号，英勇就义。

易心谷牺牲后，梁达赤区举行了悲壮的追悼大会，广大农民和赤卫队员怀着沉痛的心情哀悼自己的赤色指挥员，他们决心同国民党军阀作殊死的战斗，继续发动各种斗争，创造下川东苏维埃区域。

（四川省富顺县民政局：《易心谷烈士事迹》，中华英烈网）

王良

（1905—1932）

致父母信[1]

父母亲大人膝下，敬禀者：

前由广州沙河寄上二禀，谅已收阅。

近来，大人玉体康强否？闻四妹已入省立第二女子师范学校，但自从男出川以来，并未接得四妹一信，未知何故？省二女师校，完全是国家主义[2]之机关。学校此种主义借“内除国贼、外抗强权”之美名，以欺骗现在一般封建思想深刻之男女青年，其目的在求扩张该党之范围。其实该党异常坏蛋！以救国为名谋钱为实。例如省二女师之教员，非加入国家主义则不能充任该校之教员。由此可见一般也。还有他们所讲之“内除国贼、外抗强权”，与一般革命者所想之“国贼”“强权”完全相反。国家主义之党员，常常在他们之机关报《醒狮》[3]上发表文字，说现在革命军是“赤化军队”，并且说俄国是“赤色帝国主义”。凡属革命之士，莫不知俄国为扶助弱小民族之国，革命军为救国救民之师。由此可以想见，国家主义为何物，何足道哉！望大人务要向四妹说明，以免误入歧党。

---

[1] 这封信是王良在黄埔军校期间所写，时间在1927年。

[2] 国家主义：指国家主义派，这是一个反苏反共的政治派别。其代表人物有曾琦、李璜、左舜生等人。

[3] 即《醒狮周报》。由国家主义派在上海创办。

男等第四营现刻驻防广州虎门。男等约一百二十人，现正防守挡横岛，责务在监视熊克武、余继塘、喻培帝等要犯。在一月后，男等又将开回广州。至多三月，即将升入军官班。男已报名骑科。闻该科将设在汉口。正月三号，汉口英军无故枪杀汉口港政治部宣传队员，以此激动武汉全民公愤。现在，国民政府外交部业已向英领提出严重抗议，并已正式收回汉口英租界。以陈友仁为委员长，孙科、宋子文为委员。此种收回租界之举，诚我国八十余年来在各帝国主义者铁蹄下之新奇闻，亦即国民政府暨工农阶级努力奋斗之结果。国民政府在此一年中之奋斗，由军阀手里夺得之地有广东、广西、湖南、湖北、江西、福建、浙江，而安徽在最近期内，亦将收得。此外，投诚国民政府之冯玉祥已由陕攻出，现已占领潼关。最近期内，亦可望与国民革命军连［联］络。由此可测定国民政府之势力发展有一日千里之式［势］。此奉张、鲁张之所以惊心丧胆者矣。我川各军部现在日多投诚革命军。而川省省政府之改组亦在指日之中。昔者之土豪劣绅以及富于宗法思想之压迫阶级，男恐从此日渐失其势力而不敢再逞其意志矣！

大人对于饭食一道宜从事改良，平常应多食牛羊肉、豆腐、牛乳等类，不可过于节省。在一年内，男即将卒业。男卒业后之用度望大人不必虑及。但在此卒业期内，尚需许多用费，望大人总兑百五十元（兑此款后请不再兑）来粤，以免常常汇兑殊为麻繁［烦］。男实禀大人，此项用费并非无故滥用。因男将升入骑科，由骑科卒业后一定担任至少二三年之教育。因国民政府现在无骑兵，以及国民政府之骑兵官长故［由］男等担任无疑，关于骑兵科应用之参考书以及关于军人应用之书籍，男不可不尽力购买。如男手内之钱比较宽深而应当达到之目的，亦不致失望。男对于大人最终之希望，还是大人不可过于节省。因大人勤劳数十余年，而所存之产业亦尽足够用，则应当要用则用，不必再藉节省之意志为后人计。余俟后续。

敬叩

福安

男　化赅敬禀

正月十八号夜十二时

如大人兑款来粤，请交广东中山大学医科学院潘沛浓转交。

烈士事迹

在重庆市綦江区烈士陵园湖岸石壁，陈列着一幅浮雕作品《渔家傲·反第一次大“围剿”》。80多年前，红军部队在反第一次大“围剿”中取得胜利，活捉国民党军前线总指挥张辉瓒，毛泽东同志挥毫留下了“万木霜天红烂漫，天兵怒气冲霄汉”的壮丽诗篇。而在这场战争中立下赫赫战功的，正是中国工农红军建军初期的著名将领、红四军军长王良将军。

王良，原名王化赅，字傅良，号兴春，1905年8月5日出生于四川省綦江县永丰乡（今重庆市綦江区永城镇）。1926年9月，王良考入黄埔军校第5期，1927年加入中国共产党，同年9月参加湘赣边界秋收起义，后跟随毛泽东进军井冈山，参与创建井冈山革命根据地。

1927年9月，王良参加三湾改编，由见习参谋升任中国工农革命军第一师第一团三营九连连长。1928年，任十一师三十一团一营一连连长，率队参加保卫井冈山革命根据地的龙源口、黄洋界等战斗。其中保卫黄洋界一战，创造了红军以少胜多的典型战例。

1929年1月，王良跟随毛泽东、朱德、陈毅同志，踏上了前往赣南闽西的征程。同年12月，红四军到达上杭古田镇，王良参加了著名的古田会议。次年6月，红四军在长汀整编，王良任红四军第一纵队司令员。10月，红四军在吉安改编，25岁的王良出任红十师师长。

1930年11月，蒋介石调集10万大军对红军革命根据地实行第一次大“围剿”。王良坚决执行毛泽东提出的“诱敌深入”的作战方针，率红十师东渡赣江，退守革命根据地，待机歼敌。

1930 年 12 月 30 日，王良率领红十师攻击龙冈西北之敌。他指挥所部迂回敌之侧后，配合兄弟部队发起猛攻，全歼国民党军 18 师师部和两个旅，俘敌 9000 余人，缴获各种枪支 9000 多件，并活捉了敌军前线总指挥张辉瓒，取得了红军第一次反“围剿”的伟大胜利。毛泽东、朱德决定，把缴获张辉瓒的怀表、钢笔嘉奖给王良。

1932 年 3 月，王良升任红四军军长。同年 6 月 13 日，其率红四军奉命回师赣南根据地途中，经福建武平县大禾圩时遭敌匪袭击，不幸壮烈牺牲。毛泽东同志当时高度评价了王良的一生，称赞“王良是一个好干部”。

新中国成立后，王良将军的遗物被转交给党中央。此后，记录着烈士显赫战功的怀表和钢笔，一直存放在中国人民革命军事博物馆，永远成为王良将军为党和人民的事业英勇献身的历史见证。

为了缅怀王良将军，家乡人民在綦江区烈士陵园竖立了王良烈士纪念碑。2005 年，王良 100 周年诞辰之际，綦江群众还在永城镇最高的凤冠山上，自发修建了一座“将军亭”，并刻上了“军功传千古”“千古之师”等题刻。

（《红四军军长王良：军功传千古》，《人民日报》2018 年 08 月 13 日）

汤慕禹

（1903—1932）

写给母亲的信

男以祖国立将沦亡，吾曹青年负有国民分子之责，于是去秋禀别大人，奔驰出外，四海为家，学习军事，研究政治，蠢蠢拙志，欲将来为国效力，同挽狂澜。今而昏定晨省之职，置诸不理，俯首自思，罪莫大焉。但远恨天涯，非欲能为，所图国事，岂甘中弃。此将照片寄回，侍于大人之侧，不骄不忤，以赎男罪万一，是所思愿。

小儿于蒲月初十在黄埔本营晚间自习谨白

烈士事迹

汤慕禹，男，汉族，1903年秋出生于四川省巴县双河口乡（今重庆市巴南区双河口镇）太平桥村仰天湾。原名汤国良，别号育才、茂如。1925年9月，投考黄埔军校，录取后被编入黄埔军校第四期步科第一团。他到军校报名时，因慕大禹治水，造福国家和人民，遂将汤国良改名为汤慕禹。汤慕禹在黄埔军校学习时给母亲的信中写道“以祖国立将沦亡，吾曹青年负有国民分子之责”，表达满怀济世救国之志。汤慕禹毕业后，被编入担任北伐革命军先遣队、以共产党员为骨干的有“铁军”之称的第四军叶挺独立团，任见习排长，参加北伐战争，同时加入中国共产党。

大革命失败后，1927 年，汤慕禹随国民革命军第十一军二十四师参加了中国共产党领导的八一南昌起义。起义失败以后，汤慕禹到汉口准备回四川组织武装斗争，但在武汉听说重庆发生了震惊全国的“三三一”惨案，便折回去了。之后，汤慕禹接中共中央军委急令离开湖南去安徽助战。在战斗中汤慕禹中弹负伤，党中央立即将其潜送上海医治。

1927 年底，汤慕禹被派赴苏联莫斯科高级步兵学校学习，他学习认真刻苦，努力汲收军事知识，苦练军事本领。1929 年下半年，国内革命战争日趋激烈，汤慕禹与家里及亲人中断了联系。1930 年，汤慕禹毕业回国，被中共中央派到洪湖革命根据地。同年 9 月，任中国工农红军红二军团总指挥部参谋长，协助总指挥贺龙指挥作战。10 月 5 日，汤慕禹同贺龙率领红二军团在中央独立一师一部的配合下，兵分两路向仙桃、岳口进发。10 月 6 日，红二军收复沔阳城后，又在张家沟击溃敌军前卫部队并占领彭家场，缴获了两个连的枪械弹药，并将残敌追至新里仁口。红六军从东路经尤拔和彭家场，也消灭了敌人的前卫。10 月 7 日，汤慕禹率红二军团进攻仙桃，歼灭敌守军一部，缴枪 200 余支。10 月 8 日，红二军团兵分两路撤出了仙桃。红六军退至彭家场，击溃援敌，缴枪 200 余支、子弹数万发，俘敌 200 多人。10 月 9 日，红六军全部撤到峰口，进行休整。11 月，任红六军军长，率部参加巩固发展湘鄂西革命根据地斗争和各次反“围剿”斗争。

1931 年 3 月，红二军团改编为红三军，汤慕禹任红三军教导团团长，随部转战荆（门）当（阳）远（安）一带，参与创建鄂西北革命根据地。后任红二十五师师长兼独立第三团团长。

1932 年初，率部返回洪湖地区，先后任中国工农红军中央军事政治学校第二分校总队队长，红三军九师二十五团团长、师参谋长，红八师师长等职，参加了瓦庙集、张家场等战斗，同年 10 月在湖北荆门半边街突围作战中，不幸中弹，英勇牺牲，时年 29 岁。真是将星虽早陨，英名却永存！

1945 年中共七大召开前夕，中共中央组织部、中央军委总政治部明确汤慕禹为革命烈士。四川省人民政府于1992年11月24日批准追认汤慕禹为革命烈士。汤慕禹革命事迹已经载入《红军人物志》，被2001年5月由中共中央党史研究室科研部编纂、红旗出版社出版的《中国共产党革命英烈大典》收录。

（中共重庆市巴南区委党史研究室　曾佑华）

荀永芳

（1908—1934）

给父亲的诀别信

父亲：

儿将被屠杀，父勿悲而忧无子。共产党终必成功，继后必有许多青年认你为父，幸福日子就在将来也。

给妻子的诀别信

瑶芝：

你为党中最忠实分子，无烦我叮嘱，以后勿以我死而灰心意冷，忘却前进。

给女儿的遗嘱

你如果问你爸爸为什么死的？

我说：是为无产阶级的革命而牺牲的。孩子！快长大吧！

长大了不要忘记你的爸爸，

更不要忘记你的爸爸的事业！

烈士事迹

荀永芳，又名方明，四川自贡人。1926 年进入成都高等师范学校英语部就读，1927 年加入共青团，不久转为中国共产党党员，曾任成都高等师范学校学生会主席，与该校国家主义分子进行了激烈的斗争。1928 年 2 月，成都省立一中发生学潮，遭到国民党当局镇压后，荀永芳奉命转移。来到重庆，担任川东特委宣传部部长兼共青团川东特委书记。1930 年任共青团四川省委书记，1931 年中共四川省委和共青团省委迁往成都，荀永芳任省委宣传部部长，后任省委代理书记。

1933 年 11 月，他在成都出席省委扩大会议期间，被叛徒出卖，和部分同志同时被捕。被囚禁在成都警备部监狱，带上脚镣手铐，作为死囚，关在大牢。四川军阀先后派出许多叛徒和政客进行威逼利诱，都被荀永芳驳斥得哑口无言。他托人买来笔墨纸张，伏在用被子叠成的“桌案”上，不停地书写毛笔小楷。这与其说是习字，不如说是在受罪。因为，他的手铐上端由一根尺余长的铁条与颈项上的铁圈相连，只能双手并在一起写字，要转动肘关节时，脑袋和上身也得随之摆动。而他却以惊人的毅力日复一日地书写，直到司法队进入牢房点名时，方才从容搁笔。

在狱中，荀永芳为父亲、妻、子留下了三封遗书。尽管文字不长，但是，他抒发了自己对共产主义事业的必胜信念和作为一名共产党员的骄傲之情。

1934 年 1 月，荀永芳在成都东较场英勇就义。

（中共重庆市委党史研究室编：《血泪的嘱托》，重庆出版社 1996 年版）

彭家模

（？—？）

题壁诗[1]

别了，我的故乡
离情别恨
莫缭绕我的征裳
国泪乡愁
莫羁绊我的戎装
我要先踏上妖氛弥漫的战场
把我的热血与头颅
贡献给多故多难的党国与故乡！
听呀，江水呜咽
胡骑悲秋
看呀，河山破碎
血染巴州
可怜我川西无辜的民众啊
名天宝[2]暴骨无人收！！

[1]此诗题于雅安芦山原红四方面军第三十军总司令部（现芦山双石乡）墙壁。
[2]指雅安的名山、天全、宝兴三县，当时芦山属天全县。

别了，我的故乡
感谢你饯行的三杯美酒
从此长征去
奋勇杀贼
誓死不休
倘得凯旋重聚首
再行握手
勿悲切
诀别之悠悠！！！

涪陵彭家模感于草次
一九三六·四·十二

烈士简介

彭家模，四川省涪陵县（今重庆市涪陵区）人。红四方面军干部，生平事迹不详。

（中共四川省委党史研究室编：《四川革命烈士诗文选析》，四川人民出版社2016年版）

何功伟

（1914—1941）

狱中给父亲的信

儿不肖，连年远游，既未能承欢膝下，复不克分持家计。只冀抗战胜利，返里有期，河山还我之日，即天伦叙乐之时。迩来国际形势好转，敌人力量分散，使再益之以四万万人之团结奋斗，最后胜利当不在远。不幸，党派磨［摩］擦，愈演愈烈；敌人汉奸复从而构煽[1]之，内战烽火，似将燎原，亡国危机，迫在眉睫。“此敌人汉奸之所喜，而仁人志士之所忧”（张一麐[2]先生语）。新四军事件[3]发生之日，儿正卧病乡间。噩耗传来，欲哭无泪。孰料元月二十日，儿突被当局拘捕，郎当[4]［锒铛］入狱，几经审讯，始知系被因为共产党人而构陷入罪。当局正促儿“转变”，或无意必欲置之于死。然按诸宁死不屈之义，儿除慷慨就死外，绝无他途可循。为天地存正气，为个人全人格，成仁取义，此正其时。行[5]见汨罗江[6]中，水声悲咽；风波亭[7]上，冤气冲天。儿蝼蚁之命，

---

［1］构煽：挑拨煽动。

［2］张一麐：江苏吴县人，前清翰林。后参加辛亥革命。抗战时组织一支“老子军”上前线杀敌。信中引用的话是他在汉口“七七”抗战一周年纪念大会上主持会议时讲的。

［3］新四军事件：即皖南事变。

［4］郎当：应为锒铛，旧时锁系囚人的铁索。

［5］行：将要。

［6］汨罗江：屈原投此江而死。

［7］风波亭：岳飞于此亭被害。

死何足惜！唯内乱若果扩大，抗战必难坚持，四十余月之抗战业迹，宁能隳于一旦[1]！百万将士之热血头颅，忍作无谓牺牲！睹此危局，死后实难瞑目耳！

微闻当局已电召大人来施，意在挟大人以屈儿。当局以“仁至义尽”之态度，千方百计促儿“转向”，用心亦良苦矣。而奈儿献身真理，早具决心，苟义之所在，纵刀锯斧钺加诸颈项，父母兄弟环泣于前，此心亦万不可动，此志亦万不可移。盖天下有最丰富之感情者，必更有最坚强之理智也。谚云：“知子莫如父”，大人爱儿最切，知儿亦最深。曩年[2]两广事变[3]发生之时，正敌人增兵华北之候，儿为和平团结，一致抗日而奔走号泣，废寝忘餐，为当局所不谅。大人常戒儿明哲保身。儿激于义忿，以为家国不能并顾，忠孝不能两全，始终未尊严命。大人于失望之余，曾向诸亲友叹曰：“此儿太痴，似欲将中华民国荷于其一人肩上者！”往事如此，记忆犹新。夫昔年未因严命而中止救国工作，今日又岂能背弃真理出卖人格以苟全身家性命？儿丹心耿耿，大人必烛照无遗。若大人果应召来施，天寒路远，此时千里跋涉，怀满腔忧虑而来；他日携儿尸骸，抱无穷悲痛以去。徒劳往返，于事奚益？大人年逾半百，又何以堪此？是徒令儿心碎，而益增儿不孝之罪而已。

儿七岁失恃[4]，大人抚之养之，教之育之，一身兼尽严父与慈母之责。恩山德海，未报万一。今后，亲老弟弱，侍养无人。不孝之罪，实无可逃。然儿为尽大孝于天下无数万人之父母而牺牲一切，致不能事亲养老，终其天年，苦衷所在，良非得已。惟恳大人移所以爱儿者以爱天下无数万人之儿女，以爱抗战死难烈士之遗孤，以爱流离失所无家可归之难童，庶几[5]儿之冤死或正足以显示大人之慈祥伟大。且也，民族危

---

[1]宁能隳于一旦：岂能毁于一旦。隳：毁坏。

[2]曩年：前几年。

[3]两广事变：1936年6月，广西李宗仁、白崇禧和广东陈济棠借抗日救国口号联合反蒋，双方准备内战。

[4]失恃：丧母。《诗经・小雅・蓼莪》：“无母何恃？”

[5]庶几：也许可以，表示希望之辞。

机，固极严重，然在强敌深入国境之今日，除少数汉奸败类，自外于抗战营垒；在抗战建国纲领之政治基础上，我精诚团结之民族阵线，必能战胜一切挑拨离间之阴谋，胜利之路，纵极曲折，但终必导入新民主主义新中国之乐园，此则为儿所深信不疑者也。将来国旗东指之日，大人正可以结束数年来之难民生涯，欣率诸弟妹，重返故乡，安居乐业以娱晚景。今日虽蒙失子之痛，苟瞻念光明前途，亦大可破涕为笑也。

不孝儿功伟狱中跪禀

三十年二月十九日

狱中给父亲的信

儿之所以始终忍心背弃大人养育之恩，断绝妻子之爱，每顾而不悔者，实不愿背弃绝大多数人之永久利益以换取吾一家幸福也。谁无父母？谁无妻儿？儿安忍出卖大众，牺牲他人，苟全一己之私爱？儿决心牺牲个人，以利社会国家，粉身碎骨，此志不渝……

四月十九日

给妻子的诀别书[1]

云妹：

在临刑前不能最后的和你相见一次，不能吻一吻我们的小宝宝了！我一定坚守阶级立场，保持无产阶级的清白，忠实于党……此次的被捕，由于我自己不慎。告诉我所有的朋友们，加倍的努力吧！把革命红旗举得更高，好好地教养我们的后代，好继续完成我们未竟的事业！

彬

[1]1941年5月由其父何楚瑛自狱中带出，由钱远镕同志带至重庆。原件已失，此文系根据许云同志的记忆录出。

烈士事迹

1941 年 1 月，国民党顽固派在全国范围掀起了第二次反共高潮。驻守恩施的第六战区司令、湖北省主席陈诚紧步呼应，一手制造了反共的“鄂西事件”。中共中央南方局所属的中共鄂西特委遭破坏，特委书记何功伟（即何彬）不幸被捕，先后被囚在恩施鼓楼街 16 号和方家坝看守所。陈诚派出亲信、说客和叛徒前去威逼利诱，都被何功伟驳斥得哑口无言。陈诚令省府将何功伟的父亲何楚瑛调来恩施，甜言蜜语地请他探监时以父子亲情说服何功伟。

4 月 8 日，何楚瑛来到方家坝监狱。何功伟一见老人，惊喜之余即双膝跪地，开导起父亲来：“您老人家是读过圣贤书的人，懂得生死事小、失节事大的道理。我没有做任何对不起国家和祖宗的事，做儿子的要为党为大众尽忠，忠孝不能两全了。您回去吧！”

此后，何功伟两次给父亲写信表明“牺牲个人，以利社会国家”的决心。

陈诚知道后仍不死心，要何楚瑛再去一试。那天晚上，父子在狱中彻夜长谈。

“省主席说了只要你点头，就可以跟我回去。你就点一下头吧！还有官当。”父亲说。

何功伟心痛地扶起老泪纵横的父亲，断然说：“您不要上他们的当。我为天地存正气，为个人全人格，头可断，绝不可低！”

老人无言以对，流泪别去。

11 月 16 日，敌特宣布了何功伟的死刑。他抓紧最后一点时间，给难友写下了最后一封信：“敌人决计要执行我的死刑了，我无所畏惧，准备接受最后的考验。你们一定要争取解放，出狱后到重庆找党。请告诉党，我是一尘未染的布尔什维克。”

1941 年 11 月 17 日，何功伟被杀害于方家坝监狱，时年 27 岁。

噩耗传来重庆，周恩来在红岩村的干部会上沉重地说：“同志们，在白色恐怖的高压下，让我们向何彬（何功伟）同志学习吧！”

（中共重庆市委党史研究室编：《血泪的嘱托》，重庆出版社 1996 年版）

张露萍

（1921—1945）

其一

真理，织成了她们的心幕，
“亲爱”，更是时刻在心弦弹出，
胜利，更是充满了她们的内心，
微笑，代替了她们的一切情绪。
这些礼物是谁送来的呢？是谁？
就是三姊握着的她，
可爱而可敬的《大声》[1]啊！

其二

前程是天上的云霞，
人生是海里的浪花；
卿！莫愁徊，
趁这黄金的时代，
努力着你的前途，

[1]《大声》：是指车耀先在1937年1月创办的《大声》周刊，它对四川省及西南地区群众抗日斗争的开展起了宣传与鼓动作用。

发出你灿烂的光华！

七月的榴花

七月里山城的榴花，
依旧灿烂地红满在枝头。
它象［像］战士的鲜血，
又似少女的朱唇。
令我们沉醉，
又让我们兴奋！
石榴花开的季节，
先烈们曾洒出他们
满腔的热血。
无数滴的血啊，
汇成了一条巨大的河流！
这七月里的红河啊，
它冲尽了民族百年来的
耻辱与仇羞！
我们在血海中新生，
我们在血海中迈进。
今天，
胜利正展现在我们的眼前。
我们要去准备着更大的流血，
去争取前途的光明！

给亲人的信

慈祥的妈妈伯伯：

两个多月的时间是容易过极了，因此我还是希望妈妈伯伯不要念我，毕业后我马上回来看望你们的慈颜！

虽然陕北现在已经是前线了，但是我们同学两千多人中没有一个怕的。因为，大家都相信百战百胜的八路军。这儿是他们训练了多年的边区，也就是他们的根据地。这儿的老百姓不能［论］男女老少都是有组织的，就是说都能打杖［仗］的。由于内战时的事实告诉我们，他们都是爱自由的人，不愿作奴隶。所以这次的抗战使他［们］更兴奋，更努力，都愿意打日本。再加这儿地势的复杂、崎岖，使日本机械化的军队是没法的，飞机吗？更无用。我们住的都是山洞，他拿着简直没法。同时为了［因为］我们的环境恶劣，所以我们的学习更加强了。希望你们不要担心罢。中国人民的军队的八路军和边区亲爱的同胞们是会保护你们的孩子的！你们一定不要怕！两个月后你们依门接你们亲爱的小儿罢！

我亲爱的妈妈伯伯！时间不早了，我们还要开小组会。还告诉你们个好消息：你们的孩子每天能背三十几斤重的包裹爬八十几里的山路了，你们高兴吗？

祝

您们的孩子　英敬禀

阴历三月二七

烈士事迹

张露萍，原名余硕卿、余慧琳、黎琳等，1921年出生于四川省崇庆县（今崇州市）。1937年，在成都读中学的张露萍，参加了党的外围组织“中华民族解放先锋队”四川总队，积极投入抗日救亡宣传活动。1937年11月，在车耀先和党组织的帮助下，张露萍奔赴延安，先后毕业于陕北公学和抗日军政大学。1938年10月，加入中国共产党。

1939年10月，张露萍受党派遣回四川工作，秘密打入重庆国民党军统局电讯处及电讯总台，担任党在军统局的地下党支部书记。他们白天分头工作，晚上秘密聚会，交流情报。张露萍还负责与中共南方局的联络，把同志们从军统机关截获的重要情报送到南方局。他们在艰苦的环境下发展了党的组织，支部成员达到7人。

张露萍领导的地下党支部犹如一柄出鞘的利剑，插在敌人的心脏，在敌人最森严、最机密的特务首脑机关里，构建了一个党的“红色电台”，同敌人展开特殊的战斗。他们及时准确地提供了许多重要情报，使党组织多次躲过敌人的破坏，并使敌人的许多秘密行动被我党掌握。

1940年3月，地下党支部不慎暴露，张露萍等7人全部被捕，引发了震惊国民党上下的“军统电台案”。张露萍等先被关押在重庆白公馆监狱，受尽酷刑，坚强不屈，敌人从他们身上一无所获。随后，他们被转押到贵州息烽集中营，在以罗世文为书记，车耀先、韩子栋、张露萍等为支委的中共秘密支部领导下，同军统特务进行了长期艰苦卓绝的斗争。“……我们在血海中新生，我们在血海中迈进，今天，胜利正展现在我们眼前，我们要准备着更大的牺牲，去争取前途的光明！”

1945年7月14日，敌人把张露萍与张蔚林、冯传庆、赵力耕、杨光、陈国柱、王锡珍7人押上刑车。通向刑场的路上，张露萍领着战友们高唱《国际歌》，悲壮激越的歌声表达了共产党员视死如归的大无畏气概。刑场上，张露萍和战友们用尽全身的最后力气高呼：“打倒国民党反动派！”“中国共产党万岁！”党的好女儿张露萍壮烈牺牲，年仅24岁。

（《党的好女儿——张露萍》，《人民日报》2005年11月1日）

李少石

（1906—1945）

咏史

万千逻卒猎街衢，
偶语宁辞杀不辜？[1]
安内难忘伤手足，
攘夷偏惜掷头颅。[2]
天之未丧斯民主，
人尽能诛是独夫。[3]
二世亡秦前鉴在，
祖龙何事怒坑儒？[4]

---

[1]此诗是1944年作者在重庆所作。当时重庆到处充满白色恐怖，无数特务经常在街道上窃听行人说话，搜捕共产党人和革命志士。这两句是说当局残酷横暴，看到“可疑的”无辜人士抓来就杀。

[2]安内、攘夷：指国民党顽固派实行的“消极抗战、积极反共”的政策。

[3]天之未丧斯民主：天意绝不会断送民主事业。独夫：为全国人民所唾弃的暴君，指蒋介石。

[4]是说秦亡之鉴在前，大杀革命志士是没有用的。

南京书所见

丹心已共河山碎，
大义长争日月光。
不作寻常床箦死，
英雄含笑上刑场。[1]

无题

何须良史判贤愚，
正色宁容紫夺朱？
半壁河山存浩气，
千年邦国树宏模。
风云敌后新民主，
肝胆人前大丈夫。
莫讶头颅轻一掷，
解悬拯溺是吾徒。

祝董老六十大寿[2]

（一）

地缺山崩六十年，
高张赤帜独当先。[3]

---

[1]河山碎：指日本帝国主义侵占我国国土。床箦死：箦音“责”，席。后汉马援说：“男儿要当死于边野，以马革裹尸还葬耳，何能卧床上在儿女手中耶！”
[2]董老：对董必武的尊称。
[3]高张赤帜：高举共产主义的红旗。

诛心有论追良史，
强项无惭对昔贤。[1]
抗日不虚程二万，
承风何止士三千？[2]
笑看桃李庭前发，
雨露从知未枉然。

（二）

虎穴刀丛惯险虞，
万千魑魅视如无。
中流独力撑危局，
内助英雄亦丈夫。[3]
天下几能称大老，
苍生何幸见楷模！
红岩此日传佳话，
百寿图成晋一觚。[4]

（三）

正气丹心孰与俦？
黄安一老自千秋。[5]
六年参政争言路，

---

[1]诛心：春秋时晋灵公被臣下所杀，当时赵盾执政，纵容杀晋灵公的人。晋国的史官记着赵盾弑君，这是就他的用心来加以指责，称诛心之论。这里是说，董必武指斥顽固派的正义言论像那位良史那样深刻。强项：后汉杨震，性情刚直，敢于直谏，汉帝称他为“强项”。强项犹言硬骨头，有骨气。

[2]程二万：行程二万，指二万五千里长征。承风：承望风旨，承受教化。士三千：相传孔丘的学生有三千人。这是说，受到董必武教化的不止三千。

[3]内助：指董必武爱人。

[4]红岩：即红岩嘴13号，是当时中共中央南方局和八路军驻重庆办事处所在地。百寿图：祝董必武长寿的画幅。晋一觚：敬一杯酒。觚音孤，酒杯。

[5]孰与俦：谁可比拟。黄安：县名，属湖北省，董必武是黄安人。千秋：言董必武事业可传千载。

万里长征记壮猷。[1]
为挽颠危甘尽瘁，
每怀饥溺辄先忧。
巴山祝嘏留佳话，
名将如今见白头。[2]

烈士事迹

李少石，1906 年 6 月出生于广东省新会县（今广东省江门市新会区）。1925 年，李少石考入岭南大学，认识了廖梦醒，从此结成亲密的战友。同年参加中国共产主义青年团。6 月间，省港大罢工爆发，他参加了声援上海工人斗争的“六二三”示威游行，目睹了帝国主义制造的惨绝人寰的“沙基惨案”。为了抗议帝国主义的暴行，他和廖梦醒在岭南大学发动了工人罢工，结果被学校开除。其后，他到了海员工会工作，并于 1926 年加入中国共产党。

1927 年 4 月 12 日，蒋介石在上海发动了反革命政变，大肆屠杀共产党人和革命群众，广州也笼罩着白色恐怖。李少石这时奉调到香港从事秘密工作。1930 年，党中央派李少石到香港组织交通站。这时他已与廖梦醒结婚。他们夫妻在婚前就有默契：互相不妨碍各人的革命活动。

李少石生活俭朴，但对同志则非常慷慨。在香港交通站工作期间，有一些同志从苏区经香港转到上海，衣着十分朴素。为不引起敌人的注意，转赴上海时，他们必须打扮得较为时髦阔绰一些。有时他们深夜抵

[1]六年参政：抗日战争时期，董必武代表中共在国民参政会中主持正论，时达六年。壮猷：豪迈的规划。

[2]巴山：重庆。祝嘏：祝寿。古人说：“美人自古如名将，不使人间见白头。”这里反用这个说法，指董必武这位共产主义的著名战士，已经为革命事业奋斗了几十年，已到六十高龄，须发皆白，但仍坚持不懈。

港，翌日清晨即须上船赴沪，来不及购置衣服，李少石就把自己的衣服送给他们穿。有一次，两名急着赴沪的同志把他的衣服穿走了，恰好李少石当天又要和另一个人接头，没有衣服可穿，廖梦醒赶紧出去买了一件衣服回来，以应急需。由于李少石经常把自己的衣服送给同志而使自己无衣可穿，为此，廖梦醒没有同他商量，便买了一件衣料，给他缝好，藏起来备用。有一天，他赶着外出工作，但发现自己没有衣服可穿，正自着急，这时廖梦醒便将缝好的那件衣服拿出来给他穿。不料他竟发起脾气来，说廖梦醒不该乱花钱。事后，他非常后悔，于是写了一首《寄内》的诗，向廖梦醒道歉。

1932 年，由于交通站有个工作人员被捕，有叛变嫌疑，李少石和廖梦醒奉命离开香港到上海工作。面对当时的白色恐怖，他们夫妻相约：万一我们中间有谁被捕，不管任何重刑拷打，都要维护一个共产党员的高贵品德，决不叛党。1934 年 2 月 28 日，李少石被叛徒出卖，被捕入狱。在敌人的严刑拷打面前，他宁死不肯招供。他从上海被解往南京时，写了一首诗《南京书所见》以表达自己忠于革命事业的坚强意志。

在狱中李少石的健康受到严重的摧残：脚被打跛了，不能走路；肺被打伤了，经常吐血。经过三年多的痛苦折磨，1937 年，经过周恩来的严正交涉，要求国民党当局释放政治犯，李少石才获释出狱。这时他已身患严重肺病，住进了医院。出院后，李少石被派往华南沦陷区工作。太平洋战争爆发后，廖梦醒调入重庆工作。但李少石在给周恩来拍电报时从不涉及私事，以至廖梦醒以为他出了什么事。有一次，周恩来问廖梦醒：“老李近来怎么样?”廖梦醒说：“自从澳门别后，既无音讯，又无消息。”周恩来说：“老李这个人太古板，其实他经常有电报从电台发来，但怎会连一字家信都不附带发来呢?”不久，周恩来决定把李少石调来重庆。

1943 年夏，李少石抵重庆工作，任周恩来的英文秘书。这时正值蒋介石的《中国之命运》一书出版，他读后极为愤慨，写了一首诗。

李少石来渝前，周恩来曾叮嘱廖梦醒：“因为大革命时代国民党的人都认识你们，你们千万不能暴露你共产党员的身份。”李少石到渝后，住在曾家岩50号，公开职业是《新华日报》记者兼编辑，实际是八路军驻渝办事处秘书。李少石与廖梦醒严格遵守周恩来的嘱咐，偶尔在路上碰到，也总是装着不认识。李少石在家也要孩子叫他“伯伯”。李少石的工作很忙，但在忙碌之余，还帮助同志们学习，讲述革命先烈的斗争事迹。不管白天工作有多累，晚上他也和大家一道守夜，以防特务袭击。为了担负弟弟的读书费用，李少石常常通宵达旦搞译作，把得来的稿费全部寄给他，体现了共产党人的人伦之美。李少石正是这样把全部心血都贡献给党，贡献给了需要他帮助的人。

1945年10月8日傍晚，柳亚子来访周恩来，告辞时，李少石送柳亚子回沙坪镇住宅。司机是回国参加抗日的华侨，刚雇来不久。送柳亚子回来时，车在红岩村附近碰伤了一个伤兵，有一个兵喊：“停车!”还骂了几句粗野话。司机也许没有听见，也许怕停下来惹事，继续朝前开去。于是喊叫的士兵开了枪，子弹从背后打中李少石，从左肩胛穿入肺部。司机立即把他送到七星岗市民医院的急救室抢救。因流血过多，李少石于当晚7时45分溘然长逝，时年39岁。当晚周恩来正陪来重庆谈判的毛泽东看戏，闻讯后身子像触电似的抖了一下，随即起身，急忙赶到市民医院。周恩来看着急救室里的血水和一团团的血棉，声音颤抖地说道：“20年前，在同样的情况下，我看到你岳父（廖仲恺）……如今我又看到你这样……”顿时泪如雨下，不胜痛忿。在场的人们无不为之动容。10月11日，周恩来和宋庆龄随李少石的灵柩十余里到小龙坎，由周恩来开了第一锹土，安葬了李少石。毛泽东也亲笔题词：“李少石同志是个好共产党员，不幸遇难，永世哀思!”

（叶创昌：《李少石烈士事迹》，中华英烈网）

叶挺

（1896—1946）

囚歌

为人进出的门紧锁着，
为狗爬走的洞敞开着，
一个声音高叫着：
爬出来呵，给尔自由！
我渴望着自由，
但也深知到［道］人的躯体那［哪］能由狗的洞子爬出！
我只能期待着，那一天
地下的火冲腾，
把这活棺材和我一齐烧掉，
我应该在烈火和热血中得到永生。

烈士事迹

叶挺，“四八”烈士，人民军队的创建者之一，在1988年中央军委确定的36名开国军事家中名列第13位，是我党我军拥有特殊地位的老一辈革命家、杰出的军事家。从北伐战争中战功赫赫的第四军独立团团长，到抗日战争时期威名远扬的新四军军长，叶挺将军一生功勋卓著，周恩来赞扬他“为新旧四军立下了解放人民的汗马功劳”；从 1924 年加入中国共产党，到 1946 年写下第二封入党申请再次入党，经历 10 年流亡，5 年牢狱，遍尝挫折与艰辛初心不改，高官厚禄置于前却矢志不渝，以其对党和人民的忠诚而彪炳史册，一如他在诗作《囚歌》中所写：“在烈火和热血中得到永生。”

所向披靡，战功赫赫

叶挺出身于广东惠阳（今广东省惠州市惠阳区）的贫寒农家，自幼刻苦求学，民国元年入黄埔陆军小学，1916 年以优异成绩升入保定陆军军官学校，与顾祝同、薛岳等同为第六期学员。毕业之后，年仅 25 岁即任孙中山先生警卫团二营营长，陈炯明叛变之时，叶挺率部下拼死冲杀，保护孙夫人宋庆龄脱险。1924 年，叶挺赴苏联莫斯科东方大学和红军学校中国班学习，于同年底经聂荣臻、王若飞介绍加入中国共产党。学成归国，叶挺担任以共产党员为骨干的独立团团长，隶属国民革命军第四军。北伐战争中，叶挺率领独立团多次担任先锋部队，在汀泗桥、贺胜桥、攻打武昌城等战役中，攻城略地，所向披靡，立下赫赫战功，为第四军赢得“铁军”称号，也为自己赢得了“北伐名将”的美誉，而立之年就已名扬四海。

1927 年，国民党叛变革命，大革命遭遇失败，面对一片白色恐怖，叶挺坚持自己的政治选择，继续为信仰而战。在以周恩来为书记的中共中央前敌委员会的领导下，8 月 1 日，叶挺率部与朱德、贺龙、刘伯承一起，发动南昌起义，打响了武装反抗国民党反动派的第一枪。12 月，叶挺又与张太雷、叶剑英等共同发动广州起义并担任起义军总指挥。在中国革命面临生死存亡的重要关头，叶挺以其超群的军事才能参加并领导了具有里程碑意义的两次武装起义，为人民军队的缔造立下了卓越功勋。毛泽东为此曾当面评价叶挺：“你是共产党的第一任总司令，人民军队的战史要从你写起。”

领导抗战，卓著勋劳

广州起义失败之后，叶挺辗转抵达莫斯科，却遭到共产国际的不公正对待，受到严厉批评和无情打击。叶挺性格刚烈，离开莫斯科流亡海外 10 年之久，经历了一个困惑与迷茫阶段，但一颗爱国爱民的赤子之心却从未曾改变。“九一八”事变后，叶挺与家人由欧洲返回澳门居住，时刻关注时局变化。全面抗战爆发伊始，叶挺即刻回国投身抗战，在国共双方二次合作的大背景下，中国共产党领导的南方八省游击队万余人组建国民革命军新编第四军，叶挺出任新四军军长。此时，叶挺脱离中国共产党已有 10 年之久。为表达自己对党的忠诚，1937 年 11 月，叶挺抵达延安，在中共中央为其举行的欢迎会上，叶挺真诚表示：“同志们欢迎我，实在不敢当。革命好比爬山，许多同志不怕山高，不怕路远，一直向上走。我有一段爬到半山腰又折回去了，现在又跟上来。今后一定遵照党所指示的道路走，在党和毛主席正确领导下，坚持抗战到底。”此后，叶挺全身心投入新四军工作，利用自己的特殊身份与广泛人脉，往来斡旋于国民党上层，为组建、壮大和发展新四军倾尽全力；他充分发挥自己的社会影响力，为新四军吸引各界人才和社会贤达，为壮大抗日力量不辞劳苦；他施展军事才能，领导队伍驰骋于大江南北与日军苦战，赢得嘉奖无数。事实证明，叶挺用实际行动践行了他在延安对党所做的承诺，虽然留在党外，但是坚决服从党的领导，贯彻执行党中央敌后抗战路线。正是在叶挺的坚持和鼎力推动下，新四军在复杂局势下稳步发展，迅速成长为共产党领导下的一支重要抗日力量，名震江南，为华中敌后抗战做出了重要贡献。毛泽东曾称赞新四军“抗战有功，驰名中外”，赞扬叶挺“领导抗战，卓著勋劳”。

爱国爱党，矢志不渝

1941 年 1 月，国民党制造了震惊中外的皖南事变，变起仓促，叶挺将军于混乱中临危不惧，率众与数倍于己的对手浴血奋战7昼夜，最后决定以一己换部下，前往谈判时遭无理扣押，被辗转关押于上饶、桂林、恩施、重庆等地，囚禁长达5年2个月。为使叶挺屈服，国民党使尽种种手段，在花样翻新的威逼利诱面前，叶挺丝毫不为所动，写下“威武不能屈，贫贱不能移，富贵不能淫”的条幅悬挂于居室以明志。时任第六战区司令长官的陈诚，因与叶挺私交甚厚，自诩可以袍泽之谊影响叶挺。在叶挺被关押于第六战区长官部所在地恩施的两年多时间里，对叶挺及家人多加照拂，许以第六战区副司令长官的职位，并不断邀人举行各种名义的聚会以动摇叶挺意志，终究还是无功而返。即使面对蒋介石的当面劝降，叶挺也决然回答：“我不能这样做，请你枪毙我吧!”5年牢狱，叶挺无惧无畏，坚贞不屈，却也承受了无法征战沙场的巨大煎熬。抗战烽烟正浓，这位满腹军事才华、曾经叱咤风云的英武战将，或关押于牢狱之中，或流连于田间农舍，其内心的失落与痛苦，透过他笔下的文字得以宣泄。1942年，叶挺在重庆的牢狱写下这首名为《囚歌》的诗作：

为人进出的门紧锁着，为狗爬走的洞敞开着，一个声音高叫着：爬出来呵，给尔自由！我渴望着自由，但也深知到［道］人的躯体那［哪］能由狗的洞子爬出！我只能期待着，那一天地下的火冲腾，把这活棺材和我一齐烧掉，我应该在烈火和热血中得到永生。

诗以言志，郭沫若先生当年乍读这首诗，便由衷感佩，这位将军的内心，任何力量无法摧垮，因为他有着峻烈的正义感，使他对于横逆永不屈服，而同时又有透辟的人生观，使他自己超越在一切苦难之上。

1946年3月4日，在中共中央和各界人士的不懈努力之下，叶挺终于迎来自由，出狱后第二天，他写下人生第二份入党申请，致电党中央、毛泽东：

我已于昨晚出狱，我决心实行我多年的愿望，加入伟大的中国共产党，在你们的领导之下，为中国人民的解放贡献我的一切。我请求中央审查我的历史是否合格，并请答复。

毛泽东对叶挺的申请给予高度关注，曾做三次修改，并亲笔将抬头改成“亲爱的叶挺同志”。得到同意入党的批复，叶挺兴奋、欣喜之情溢于言表。记者问：“5 年牢狱为何做出如此抉择?”他回答：“5 年的思考让我更加深信，今天的中国，真正为国家民族而奋斗的，只有中国共产党!”记者又问：“将军今后有何打算?”叶挺回答：“除了为人民外，还有什么?”

1946 年 4 月 8 日，叶挺与王若飞、博古等人乘飞机返回延安，在山西兴县黑茶山失事，叶挺的生命在光明开启的时刻戛然而止。从 1924 年初次入党，到 1946 年重回组织，经历 20 余年奋斗，叶挺每一次面对个人荣辱甚至生死选择，都表现出坚定的政治立场，经过了种种严峻考验，终于再次回到中国共产党的怀抱，其献身国家民族，矢志追求理想的执着与忠贞，将永载党的历史。叶挺的名字与其精神，如他的诗作描述的，已在烈火和热血中得到了永生!

（冯建玫：《叶挺：在烈火和热血中永生》，中国共产党新闻网）

车耀先

（1894—1946）

给女儿车崇英的信（节录）

崇英：

抗战又踏上较严重的阶段，就是投降派以反共口号来掩饰他们的由破坏团结，而中途投降的阴谋。因之，专门有人制造摩擦，扩大摩擦。我们在此时期，宜表面沉寂，充实自己；切勿再惹人注意。我呢？就正在这样做呵！

你的诗，是进步了；但有些字句欠熟练。我改了些。然大体是不错的，今天《新民报》已登出。不过有些错字和看不清楚罢了。

现在你在新繁，当然救亡工作较少了。应当趁此机会致力于自然科学，为将来升学、应世，打下一个良好的基础。我以为英、数、理、化是应当弄明白的。我的缺点就在于此。不要单注意社会科学。

成都警报频来，但我愈跑愈健！勿虑！勿虑！愿你努力进步！

父　字

七月十五午后[1]

---

[1]七月十五午后：这封家信写于1939年7月。

先说几句[1]

民国二十九年三月，余因政治嫌疑被拘重庆，消息不通，与世隔绝。禁中无聊，寝食外辄以曾文正公家书自遣。遂引起写作与教子观念。因念余出世劳碌，磨折极多；奋斗四十年，始有今日。儿女辈不可不知也。故特将一生之经过写出，以为儿辈将来不时之参考。使知余：出身贫苦，不可骄傲；创业艰难，不可奢华；努力不懈，不可安逸。能以“谦”“俭”“劳”三字为立身之本，而补余之不足；以“骄”“奢”“逸”三字为终身之戒，而为一个健全之国民。则余愿已足矣。夫复何恨哉！

烈士事迹

20世纪30年代，在成都少城公园（今人民公园）那座有名的“辛亥秋保路同志死难纪念碑”附近，金河北岸，有一家五开三进一楼一底的餐馆，它有一个新奇的名字“努力餐”。这家餐馆的老板，右脚微跛，走起路来，提一根手杖，昂首挺胸，既有军人风度，又像文人学者。他就是车耀先。

车耀先，原名车荣华，四川省大邑县人。因家境贫寒，只读了两年私塾即辍学参加劳动，未满18岁就入川军当兵，从下士、司务长、排长一直做到团长。因作战头部受伤，右脚神经受到压迫致残。曾虔诚信奉耶稣。北伐革命中参加国民党，任国民革命军第二十一军四师十团党代表，坚决拥护孙中山的三大政策，积极支持工农运动。大革命失败后，国民党反动派捕杀革命人士，他愤然脱离国民党，弃职出走。

他到过日本、朝鲜，深为祖国遭侵略、受屈辱而痛心。回川后，

---

[1]《先说几句》：是车耀先20世纪40年代初在息烽监狱时所写自传的引言。

1929 年在成都加入中国共产党。入党时在《自誓诗》中写道：

幼年仗剑怀佛心，放下屠刀求真神。
读破新旧约千遍，宗教不过欺愚民。
投身元元无限中，方晓世界可大同。
怒涛洗净千年迹，江山从此属万众。
不劳而食最可耻，活己无能焉活人？
欲树真理先辟伪，辟伪方见理有真。
喜见东方瑞气升，不问收获问耕耘。
愿以我血献后土，换得神州永太平。

他以经营餐馆为掩护，参加中共川西特委军事工作，参与策划了 1930 年底的广汉兵变。“九一八”事变后积极从事抗日救亡运动，因公开批评蒋介石的不抵抗政策而遭反动当局追捕，逃离后失掉党组织关系。抗战全面爆发后，他以《大声》周刊为阵地积极宣传抗日救国，1938 年经中共中央批准恢复党组织关系。他发起成立了中苏文化协会成都分会，为抗日统战工作热情奔走，被同志们戏称为统一战线的“线长”。

1940 年 3 月，国民党特务以“抢米事件主使者”的罪名将车耀先逮捕，他坚决拒绝特务头子戴笠的劝降，对让他当民政厅厅长的利诱和陪杀场的威胁都嗤之以鼻。在长期关押中，他参加了以罗世文为首的狱中秘密党支部，利用管理图书的条件，对难友进行联络和鼓励，并写下长达万言的自传。

1946 年 8 月 18 日，车耀先与罗世文一起被杀害于重庆白公馆监狱外松林坡。

（中共重庆市委党史研究室编：《血泪的嘱托》，重庆出版社 1996 年版）

罗世文

（1904—1946）

临刑前给党的遗书

据说将押往南京，也许凶多吉少！决面对一切困难，高扬我们的旗帜！

老宋处尚留有一万元，望兄等分用。

心绪尚宁！望你们保重、奋斗！

世文

烈士事迹

1946年8月17日，看管重庆白公馆监狱的军统特务告诉被关在二楼重禁闭室的罗世文，说是要将他移押南京了。一个难友闻讯后前来与罗世文告别，并送了一双新皮鞋给他。当着看守特务的面，罗世文把脚上穿的破皮鞋脱下来说："我也没得啥子送给你的，把这个拿去作个纪念吧！"

那个难友把破皮鞋拿回监房后，觉得实在是太破旧了，就不在意地把它扔到了一边。另一个坐牢多年的难友韩子栋感觉到罗世文此举一定有什么用意，便把破皮鞋捡起来，仔细检查了一遍，果然从鞋底的夹层中找到了一张折叠起来的纸片，打开一看，原来是从一本俄文书上撕下来的扉页，上面写着罗世文给党组织的遗言……

罗世文，四川省威远县人，是四川最早的社会主义青年团成员之一。曾先后担任社会主义青年团重庆地委宣传部部长、学委书记、地委书记，参加领导了大革命初期的重庆学生运动。1925 年转为中共党员，被派到苏联莫斯科东方大学学习。1928 年回川后，任中共四川省委宣传部秘书，参加领导了 1929 年川军第七混成旅遂蓬边界起义，任起义建立的四川工农红军第一路党代表。后历任中共四川临时省委宣传部部长、省军委书记、省委书记等职。1933 年进入川陕革命根据地，曾任川陕苏区省委委员、高级训练班（党校）负责人，与张国焘的错误进行了坚决斗争，受到张国焘打击迫害，被以莫须有的“反革命”罪名逮捕。幸得周恩来等中共中央领导人的关注和共产国际的干预才免于被杀，但仍被押着随军长征。1936 年与中央红军会师后才获得自由，被聘为红军大学教授。1937 年作为中共中央代表回四川开展统一战线工作，并领导《新华日报》成都分馆的工作。

1940 年 3 月，国民党特务借成都饥民抢米事件栽赃陷害，诬称中共领导“春荒暴动”，将罗世文绑架，先后秘密关押于贵州息烽、重庆白公馆等地。罗世文在狱中组织了中共秘密支部，任支部书记，领导狱中斗争。在多年囚禁生活中，国民党特务用尽各种手段，均无法使罗世文改变共产主义信念。

1946 年 8 月 18 日，罗世文被杀害于重庆白公馆监狱外松林坡。牺牲前，他口占一诗：

故国山河壮，群情尽望春。
“英雄”夸统一，后笑是何人？

（中共重庆市委党史研究室编：《血泪的嘱托》，重庆出版社 1996 年版）

王璞

(1917—1948)

述志

磨光宝剑莫踯躅，自有通身血似珠。
顺手人间除黑暗，翻身世道扫崎岖。
伤心不算英雄汉，为己何为大丈夫。
冲冠一怒为天下，纵马冲锋正此时。

烈士事迹

解放战争时期，川东地下党组织领导的、发生在国民党统治中心重庆附近的华蓥山武装起义，以华蓥山为中心，在合川、武胜、广安、渠县、岳池等县联合展开。这次起义，虽在敌强我弱、仓促应变的情况下被国民党反动派镇压下去，但英勇不屈的共产党人没有被敌人的残酷屠杀所吓倒，他们重新聚集力量，坚定信念，振奋斗志，经过一年多不屈不挠的艰苦斗争，终于迎来了川东地区和重庆的解放。

回忆起华蓥山武装起义这段悲壮历史，我常常想起当年并肩战斗的同志们和英勇牺牲的烈士们。其中最不能忘怀的，就是这次起义的领导者、中共川东临委书记王璞烈士。

他在同志们中有很高的威信

我与王璞的第一次会面是 1947 年 7 月，在重庆南岸的一家牛奶场里。那时，解放战争刚刚进入全面反攻，形势喜人。但是，在国统区，在重庆，国民党的政治压迫继续加剧。这年 2 月 28 日，国民党当局强迫中共四川省委撤回延安，整个川东地下党失去了与上级的联系。我所在的巴县中心县委一面坚持斗争，一面积极寻找上级组织。所幸，在失去联系 5 个月后，王璞带着上级交给的清理川东地下党组织的任务，通过许多关系，找到了我。

那时的王璞才 30 岁，风华正茂，血气方刚，操一口浓重的湖南腔。他中等个儿，脸黑黄黑黄的，背也微微驼着，脸上布满了细细的皱纹，十分严肃，不苟言笑。这次会面，我把手头掌握的一些重要关系向王璞做了介绍，并接受清理组织的任务。

这以后我们又见了几次面，交换清理组织和工作开展情况。王璞提出了发展农村武装斗争和城市工作的意见，并向上海局分管西南地区党的工作的钱瑛同志做了汇报。钱瑛指示了工作重点和工作方向；同时决定成立中共川东特别区临时工作委员会，王璞任书记。我作为委员、秘书长，在他领导下工作，彼此了解也逐渐加深。

王璞做事认真细致，一丝不苟，果敢决断，很有见解，在同志中有很高的威信。他是一个很有原则的人，虽在湖南长期从事革命斗争，却从不提起过去的革命经历；在川东担任领导工作近六年，除了几个上级领导外，几乎没有人知道他的经历。直到重庆解放后，我对他的人生经历才知之较多。

王璞，原名孙子仁，又名孙仁，湖南湘乡人。早期当过儿童团团长，1937 年冬加入中国共产党，曾任韶山特支书记，韶山区委书记，湘乡县委委员，湘宁中心县委常委、组织部部长。1940 年来四川，先在西康从事社会调查，1941 年转川东地区工作，先后任重庆市委书记、川东临委书记等。

那一晚我们彻夜未眠

川东临委成立后，根据上级指示，把工作重点放在了川东农村武装斗争的准备上，决定在群众基础较好的下川东奉（节）大（宁）巫（山），上川东达县、大竹的虎（城）南（岳）大（树）和华蓥山周围开展武装斗争。

1948年初，下川东和虎南大的武装起义爆发后很快失败，临委委员彭咏梧壮烈牺牲。正当我们在总结农村武装斗争经验时，中共重庆市委机关报《挺进报》遭到敌人破坏，进而引发了川东地下党组织大破坏。临委委员、重庆市委书记刘国定，临委副书记、下川东地工委书记涂孝文等相继被捕后叛变，把川东地下党完全暴露给了敌人。

当时临委的负责人只剩下书记王璞和我了。危难之际，党把重任交给了我们。因为我对重庆周围地区党组织比较了解，便承担了紧急疏散同志、清理组织的重任。王璞则留在广安，继续为武装斗争做准备。我们相约，每隔十天半月碰一次头，交换情况，商量对策。

那段时间，情形十分危急，敌人在叛徒的引领下到处捉拿我。为了不致因敌人捉拿我而牵连王璞，我只好跑去重庆远郊乡下，通过可靠的关系处理善后。这年的4月底、5月下旬、6月初，在璧山、铜梁、合川乡下，我与王璞三次紧急碰头，一致认为要千方百计遏制破坏的加剧，保存党的组织和干部。而在敌强我弱的形势下，发动华蓥山起义，可能站不住，但不起义又暴露太多，掩护不下来，到底怎么办？我们反复研究，始终决定不下来。

我还记得在璧山蒲元乡荣怀民家那晚的会面，我们彻夜未眠，围着一盏油灯，一边抽烟，一边急速地思考对策。王璞抽烟的姿势很特别，一支接着一支，却很少吸进去，总是朝鼻孔上吹，脸色始终很平静，眼里充满了血丝。那一夜我们整整抽了一条烟，烟头和烟灰将一个大的土钵子盛得满满的……

几十年过去了，我一想起那个晚上，王璞那镇定的神态就会浮现眼前，挥之不去。

历史将记住他的名字

破坏在继续扩大，几乎天天有人被捕。1948年7月4日，特务根据刘国定供出的线索，到广安逮捕了上川东地工委委员骆安靖。骆安靖叛变后，敌人的魔爪伸向了王璞作为武装斗争依托和指挥中心的广安。形势越来越严峻，王璞与我已无法见面，上级指示也无法得到。7月底，王璞派人通知我，原定在南充会面研究起义的事取消，他们已经决定起义，叫我们作好准备，组织支援。

在迫不得已的情况下，王璞在岳池罗渡召开会议后，发动了华蓥山周围数县的联合大起义。后来知道，起义爆发后，王璞和同志们英勇作战，连续奋战了半个月。在9月7日那天，正当他和干部们一起研究应急措施和作战方案时，一名队员的手枪走火，不幸射中他的腹部，顿时血流如注，当场昏倒。待他醒来后仍强忍剧痛，指挥大家分散隐蔽，以渡艰难。由于失血过多，王璞牺牲在华蓥山武装斗争的战场上，在黎明即将来临之前永远告别了人世。

对于像王璞这样优秀的党的儿女，人民是不会忘记的。1957年9月，党和人民重新收殓王璞烈士遗骨，迁葬烈士陵园，修建了王璞陵墓并塑碑纪念。我曾几次前往凭吊，寄托对这位令人尊敬的老领导、老战友的深深悼念之情。

（萧泽宽：《难忘当年并肩战斗的英烈》，《红岩春秋》2018年第11期）

蓝蒂裕

（1916—1949）

示儿

你——耕荒，
我亲爱的孩子：
　　从荒沙中来，
　　到荒沙中去。

今夜，
我要与你永别了。
　　满街狼犬，
　　遍地荆棘，
给你什么遗嘱呢？
我的孩子！

今后——
愿你用变秋天为春天的精神，
把祖国的荒沙，
耕种成为美丽的园林！

烈士事迹

1964 年 2 月 7 日，出访归国途经昆明的周恩来总理，特意观看了一出根据烈士遗嘱编排的话剧《从荒沙中来的战士》。演出结束后，周总理走到后台，握住剧作者蓝耕荒的手说："是的，千万不要忘记过去，你更要永远牢记你父亲留下的遗嘱，做革命的好后代。"

蓝耕荒的父亲是谁？他为儿子留下了什么遗嘱呢？

他叫蓝蒂裕，四川垫江（今重庆市垫江县）人，1939 年加入中国共产党。曾在重庆海员工会担任《新华日报》发行员，从事党的交通工作。1941 年底在第二保育院被捕，后挖墙逃出。1947 年恢复组织关系后，被派回梁山县（今梁平区）开展工作，筹建梁（平）垫（江）游击区，不久，担任梁垫特支书记。他常以肩挑草药、走村串户的"蓝太医"身份出现在垫江、梁平、忠县毗邻的山区，发展共产党员、"新青社"社员、"农民翻身会"会员的工作，建立"两面政权""两面武装"，为开展武装斗争做准备。1948 年 11 月 19 日，因叛徒出卖被捕，转囚于重庆渣滓洞监狱。他坚定顽强，全身被烙得皮焦肉烂也绝不屈服。

1949 年 10 月 28 日晨，监狱看守窜进牢房，凶狠地叫喊着他的名字。生命的最后时刻到了。蓝蒂裕忙将心中酝酿已久的给儿子的遗诗写下，交给同室难友，从容走上囚车。他以讽刺的语气对军法官说："再见了！你们双手沾满了革命人民的鲜血，你们绝逃不脱人民的惩罚，不要多久，我就要在阎王殿看见你。"

蓝蒂裕与陈然、王朴等 10 人英勇就义于大坪刑场。

（中共重庆市委党史研究室编：《血泪的嘱托》，重庆出版社 1996 年版）

王朴

（1921—1949）

在狱中带给母亲的信[1]

娘：

你要永远跟着学校[2]走，继续支持学校，一刻也不要离开学校，弟、妹也交给学校。

在狱中带给妻子的信

小群：

莫要悲伤，有泪莫轻弹。你还年轻，你的幸福就是我的幸福。狗狗[3]取名“继志”。

烈士事迹

在保存下来的一份中共中央南方局青年组张佛翔所写的工作报告里，

[1]王朴给母亲和妻子的口信，系由狱中脱险难友带出。由烈士的妻子褚群忆述。

[2]学校：指莲华中学，实指党组织。

[3]狗狗：是王朴儿子的小名。

有这样一段话："有一个复旦的学生王兰骏，父死，是一个大地主，思想进步……在我们鼓励与办法上、人力上的帮助下，他取得了他母亲的允许，一年出 150 老石谷子来办一个小学……我们完全主持这个学校，并开办一初中补习班。九个教员，我们去了五个，其余四人是可以听我们的意见的。"

这里提到的这个思想进步的大学生王兰骏，就是王朴。

王朴四川省江北县仙桃乡（今重庆市渝北区）人，其父是家资万贯、富甲乡里的大地主，并经营猪鬃出口生意。王朴从小家教甚严，其父母思想开明，使他受到良好的教育。在上大学之前，他就已经同中共中央南方局青年组建立起了联系，经常阅读《新华日报》和马列主义书籍，还常去红岩村和《新华日报》社领取内部学习材料，交流思想，了解形势。考上复旦大学新闻系后，他又参加了党领导的《中国学生导报》的创办，并负责财务工作。

1944 年日军打到贵州独山，重庆震动，局势危急，南方局号召大后方爱国青年到农村去发动群众，建立根据地，坚持就地抗战。王朴不图个人享乐，只为救国救民，毅然接受党组织的安排，征得母亲同意，中止了大学学业，回复兴场老家，利用他家的条件，先后办起了莲华小学和莲华中学，以学校为依托建立革命据点，积蓄革命力量，同时普及教育。回乡办学后，他将原名王兰骏改为王朴，以纪念自己在人生道路上迈出的坚实一步。

1946 年下半年，王朴加入了中国共产党，后任中共重庆北区工委委员，负责宣传和统战工作。1948 年春，按照党的意图，他又以家产在重庆开办南华贸易公司，作为党的经济据点。

1948 年 4 月，王朴被捕后关押在白公馆监狱，在敌人酷刑面前坚贞不屈，坚持狱中斗争。1949 年 10 月 28 日殉难于大坪刑场。

生前，他动员母亲金永华将 1600 多石租的田产变卖，提供给党组织作活动经费。在狱中，他捎带口信给母亲和妻子，嘱咐他们坚持革命。他被捕和牺牲后，金妈妈坚守莲华中学的阵地，继续为党提供经费。重庆解放后，党组织向金妈妈如数归还当时所借的款项，金妈妈拒绝接受，并将所余财产捐赠给儿童福利事业。1984年，84岁高龄的金妈妈终于实现了自己多年的愿望，光荣地加入了中国共产党。

（中共重庆市委党史研究室编：《血泪的嘱托》，重庆出版社1996年版）

陈然

（1923—1949）

我的“自白”书

任脚下响着沉重的铁镣，
任你把皮鞭举得高高，
我不需要什么自白，
哪怕胸口对着带血的刺刀！

人，不能低下高贵的头，
只有怕死鬼才乞求“自由”；
毒刑拷打算得了什么？
死亡也无法叫我开口！

对着死亡我放声大笑，
魔鬼的宫殿在笑声中动摇；
这就是我——一个共产党员的自白，
高唱凯歌埋葬蒋家王朝。

烈士事迹

许多人都知道《红岩》小说中成岗的人物原型陈然，他在刑场上横眉冷对，用反绑的双手将背上的死囚标签扯下，喝令“从正面向我开枪”，被敌人称为“慷慨悲歌之士”。但鲜有人了解，陈然曾公开发表过一篇《论气节》的文章，长不过1000余字，却磅礴浩然，道尽气节精髓。文章与陈然狱中表现交相辉映，恰是一曲共产党人的《正气歌》。

一

那是1947年春天，这个季节的山城重庆总是动人的，长江、嘉陵江岸翠色欲流，南山、歌乐山郁郁葱葱。然而，在这生机盎然中，一股寒流突然而至。2月28日，国民党政府不由分说，单方面中止国共和谈，驱逐驻南京、上海、重庆中共代表，派军警包围重庆的中共四川省委和《新华日报》馆，并予以查封。民生机器厂一名工人，激于义愤，将刊载有政协决议全文的《新华日报》公开张贴在厂门贴报栏，揭露国民党撕毁政协决议之举，竟至被捕牺牲。内战炮火声中，蒋介石政权洋洋得意地宣称，他们已于3月19日占领了延安。一时之间，人心惶惶，一些平时倾向于进步的人士也出现了动摇情绪。

在这种超乎寻常的低气压中，在枣子岚垭72号楼上一间斗室里，陈然等几位年轻的共产党员和进步青年讨论着如何迎接这场严峻的历史风暴。他们坚信，“时穷节乃见，一一垂丹青”，越是形势恶劣，越要保持共产党人的气节。陈然将大家共同讨论的结果写成一篇《论气节》的短文，公开发表在《彷徨》杂志新五期上。

文章开宗明义：“气节，是中国知识分子优良的传统精神。”并列举古今中外的许多仁人志士，讴歌他们为真理、为人民、为正义舍己为人、舍生取义的精神，激励人们“在灾难降临的时候”，“不妥协、不退缩、不苟免、不更其守！固执着真理去接受历史的考验！”

文章只字不提当时的情况，但是其鲜明的针对性却不言自明。它如熏风般拂去许多人心灵上的尘土。

二

命运却仿佛有意考验陈然，一年后的1948年4月22日傍晚，他刚刚印完第23期《挺进报》，就被踢开房门冲进室内的特务逮捕。

虽然《挺进报》代理特支书记的身份并没有暴露，但是因为印刷《挺进报》的关系，他在狱中受到特务们“重点关照”。军统大特务徐远举亲自提审，在他看来如陈然之类的青年人书生气重、家庭观念浓厚，只要重刑拷打，重金诱惑，不怕不投降。于是用刑、逼供、恐吓、欺诈、利诱，日夜轮番审讯，无所不用其极。不过徐远举的算盘打错了，陈然虽然从外表看娴静得像一个大姑娘一样，却斗争非常英勇。不论徐远举要什么手段，陈然还是那几句话：“《挺进报》是我办的，没有任何背景……办报是自由职业，很适合我的愿望，办大型报没有力量，才办了张小报。”这样的回答冷静缜密，滴水不漏，使得徐远举明知陈然这些话是假的，但是也无可奈何。

既然如此，那就“关”！徐远举妄想以遥遥无期的关押、没有尽头的刑讯使陈然们一个个丧失革命的气节，出卖自己的灵魂，于是，陈然作为重犯从渣滓洞监狱被转押到白公馆监狱。

其实，特务们不了解陈然。陈然的忠贞源于信仰，而不是一时的冲动。1939年，在抗战烽火中，陈然从江浙颠沛流离到鄂西。他虽然只有16岁，却已在抗日救亡运动中认定了共产党，成了坚定的党员。1942年，由于出现叛徒，陈然受组织安排不得不赴外地暂避。这期间他身无分文，又患上严重的痢疾，还与组织失去了联系，但仍如一颗倔强的种子，无论在哪里都生根发芽，革命意志坚如磐石。1947年，陈然终于找到了地下党，恢复了组织关系，他如失散已久的游子，无比快乐地承担起党安排的任务。

那些日子里，陈然、蒋一苇、刘熔铸、吴子见等四人共办《挺进报》，陈然白天是中国粮食公司机器厂修配车间的管理员，晚上则负责印刷《挺进报》。印刷室相当局促，不过一间堆放杂物的小小储藏室，板壁上糊着厚纸，窗后挂着毯子，黑纸做成灯罩。如此条件下，陈然在夜晚降临之后，就不分寒暑地苦干，刻苦钻研印刷技术，提高印数，从1947年1月两张蜡纸刻三次勉强印200多份，至年底一张蜡纸可印2000份，为失去《新华日报》的重庆，给无法得知中央消息的共产党员和进步青年带去了最美好的声音和希望。

三

陈然是快乐的，他愿意以一个人孤独的舞蹈，在朝不保夕的地下工作中，坚韧而无私地贡献自己的一份力量；他也是清醒的，办报之余，他为预防万一，苦练“老虎凳功”，他曾经对战友说：“我出了问题（指被捕），你们放心。”他就是这样充分地理解着革命的艰苦和危险，以“富贵不能淫，贫贱不能移，威武不能屈”的精神自励。在陈然心中，这就是气节，是几千年的历史中，中国知识分子所应尽、所能尽的责任。

所以，特务们认为即将改变信念的监狱，不过是陈然又一个奋斗的战场。就是在这里，他坚持着战斗。他通过能够接触报纸、关押多年的东北军将领黄显声将军传来的消息，办上了一份“白公馆版”《挺进报》，为狱友加油鼓气。他发现叛徒涂孝文虽然变节，但受良知折磨并未彻底出卖同志，便主动接近、鼓励涂孝文，使其幡然醒悟，守住了最后的良知。他善于给看守人员做思想工作。看守杨钦典是河南人，平时视河北人的陈然作北方同乡，在佩服陈然是条汉子之余，也不无疑惑地问他，只要悔过就可以出去，为什么？陈然慨然答道，革命不是为了私人，一切为后代。杨钦典从佩服转为感动。当陈然的最后时刻到来，杨钦典目睹陈然被枪杀于大坪刑场，泪流不已，于是在“一一二七”大屠杀来临的千钧一发之时，帮助罗广斌等19人从白公馆突围脱险。

陈然牺牲于1949年10月28日，他与王朴、陈善谋、蓝蒂裕等10人互致革命的敬礼，笑赴刑场。陈然的快乐是由衷的，他已经从黄显声将军那里得知新中国成立的消息，用绣花红被面和白衬衫做了一面五星红旗，并集体写诗《我们也有一面红旗》。此刻他虽然命赴黄泉，却是无怨无悔。

这就是陈然的气节，它不是鲁莽，不是冲动，更不是盲从，而是源于“高度的理性”，是知与行的完美结合。什么是高度理性呢？正如陈然自己说的：“那就是对世界、对人生的一种正确、坚定而深彻的认识。不让自己的行为违悖自己这种认识，而且能坚持到最后，这就是值得崇尚的，一种真正伟大的气节。”

（简奕：《陈然的气节》，《中国纪检监察报》2016 年 4 月 18 日）

楼阅强

（1923—1949）

一

凶狠残暴的昏君，
专制独裁的豺狼，
你鱼肉百姓，
欺负父老，
还把无辜的革命者囚禁！

二

胸怀天宇为民恋，
驰骋疆场战敌顽，
饱尝甘露楼不平，
愿将热血洒人间。

烈士简介

楼阅强，四川成都人。1942 年考入中央政治学校。1944 年投笔从戎，参加远征军赴缅甸对日作战。1945 年回国被调往东北打内战，受中共党组织启发醒悟后，1947 年 7 月赴合川从事农民运动。1948 年春加入中国共产党，任西南民主联军川东纵队第四支队第三大队队长，率领农民武装在合川、武胜、岳池、南充等地开展游击斗争。8 月，转移到岳池回龙时被敌军包围，在向华蓥山突围中被敌人逮捕。1949 年 10 月 28 日，在重庆大坪慷慨就义。

（中共四川省委党史研究室编：《四川革命烈士诗文选析》，四川人民出版社 2016 年版）

蒋可然

（1915—1949）

无题

东洋鬼子太猖狂，
烧杀抢掠辱亲娘。
新仇旧恨一齐涌，
抽刀杀向古战场。
还我河山还我粮，
愿向战袍洒血浆。
金猴奋力降妖魔，
誓将日寇赶进洋。

烈士事迹

蒋可然，原名蒋昌繁，化名蒋君甫、向远等，1915 年 2 月 18 日出生在四川省武胜三溪乡长深沟一个农民家庭。兄弟姊妹六人，父亲早年去世，家境十分贫寒。

蒋可然幼年在长深沟东王庙读私塾，1929 年以优异的成绩考入武胜县第三小学（沿口小学）读高小。1931 年秋，考入岳池县立初级中学，次年，转至遂宁省立第三师范学校学习，后因家庭困难辍学。1933 年 10

月，考入重庆川江航务管理处第三期训练班。结业后被分配到重庆港口任督察员。在此期间，受中共秘密党员陈士奇的启发和影响，他阅读了不少进步书刊，参加革命活动，开始接受马列主义思想，探索救国救民的真理。

1937年，抗日战争全面爆发，他在共产党的影响和一些共产党员的帮助下，先后参加了“业余读书会”“抗日救亡队”等进步团体，积极投身于抗日救亡的革命洪流之中。由于对川江航务管理处某些官员走私贩私、贪污受贿、敲诈勒索的丑恶行为不满向上司提出航管工作的改革意见，触犯了上司。1937年9月，蒋可然愤然辞职，离开重庆返回武胜老家。

1938年，蒋可然在重庆野猫溪创办一所民众学校，宣传抗日救亡。他在地下党组织的培养教育下，做了很多抗日救亡的群众工作，在社会上影响很大。同年冬，他光荣地加入了中国共产党。1939年初，蒋可然任中共巴县县委书记，那时他还不到24岁。他到巴县后，积极开展工作。深入乡村、工厂、学校发动群众，积极而又慎重地发展党员。他还创办职工夜校、青年补习班、农民识字班等，宣传革命真理，开展抗日救亡活动，深得称赞。一个农民识字班学员曾作诗夸奖：

巴县有个小老蒋，
日夜操劳工作忙。
教导群众学文化，
甩掉文盲心里亮。
号召群众救中国，
神州吐沫汇海洋。
同仇敌忾御外侮，
鬼子绝没好下场。

1940年2月，党组织派蒋可然担任梁（山）大（竹）中心县委书记。

他认真贯彻党中央关于隐蔽精干的方针，整顿梁大中心县委及所属各党组织，深入工农群众和广大师生之中，宣传我党的抗日救亡方针、政策，领导群众开展抗日救亡运动，反对蒋、汪的投降卖国活动。1940年初，领导了梁山县中的罢课斗争，反对学校当局破坏师生进行的抗日救亡活动，全校师生近千人前往县政府请愿，提出要民主、要抗日、要读书等条件。并粉碎了国民党特务利用学生罢课事件查捕中共地下党的阴谋，避免了党组织受损失。最后，广大师生赶走了在校的国民党特务，赢得了这场斗争的胜利。

蒋可然无私无畏、忠于党、爱护同志，对革命事业忠心耿耿。在他的精心安排下，中共梁山县委、达县县委等地下党组织得到妥善转移，避开了敌特的搜捕，保存了革命力量。

1941年皖南事变后，国民党顽固派加紧了对中共地下组织的破坏，梁山、大竹等地的环境险恶。同年7月，蒋可然调任北碚中心县委书记。领导和组织当地党员长期隐蔽下来，利用公开身份开展秘密革命活动，取得可喜成绩。后因身份暴露，被迫断掉组织关系，于1945年6月，回到武胜县三溪老家。

蒋可然回到武胜后，其弟蒋怀瑾（中共地下党员）利用伪乡长的职权，安排兄嫂蒋可然、刘文涛（中共党员）到三溪小学教书。在此期间，蒋可然曾先后到重庆、上海等地寻找党组织，但没有联系上。蒋可然毫不气馁，仍然坚持开展革命活动，千方百计地抓伪乡、保政权，建立了不少农会组织。

1947年，中共川东临时工委书记王璞对蒋可然做了全面的审查，了解到他组织观念强，与组织失去联系后，仍坚持开展革命工作，并做出了很大成绩。经调查了解后，给他们夫妇恢复了组织关系。1947年秋，成立了中共三溪乡支部，蒋可然夫妇与同志们一道在三溪一带积极开展地下革命活动。1948年1月，中共武胜县特支委员会成立，蒋可然任群工委员。1948年2月，又成立中共川东第八工作委员会，蒋可然任委员。

蒋可然与罗永晔等人一道，不分白天黑夜，奔走于武胜、岳池、合川的穷乡僻壤之间，积极组织党员和革命群众开展地下活动。他白天在三溪小学以教书为掩护，晚上深入到贫苦农民家里去宣传解放战争的形势和“农民翻身会”的好处，他总是慷慨激昂而又生动形象地说：“一根筷子易折断，一把筷子扳不弯，我们农会会员只要抱成团，旧制度、旧政权，没有推不翻的……”在蒋可然等的领导下，三溪乡农民运动搞得如火如荼，到1948年秋，全乡十个保就有九个保组织了“农民翻身会”，会员达300多人。蒋可然组织农会会员进行“三抗”（抗丁、抗粮、抗税）斗争，并派地下党员和农会骨干分子进行“三抓”（抓政权、抓武器、抓武装人员）斗争，逐步控制了乡保政权的枪支弹药，为华蓥山武装起义创造了条件。

1948年4月，中共重庆市委刘国定、冉益智等叛变，重庆地下党组织遭到破坏，中共川东临时工委决定提前举行武装起义。7月下旬，组成“西南民主联军华蓥山游击纵队第八支队”，由蒋可然、蔡依渠负责，计划攻取三溪、新场、飞龙后，与第七支队会合，同上华蓥山，建立根据地。

8月17日，三溪乡起义爆发，由于准备不充分，起义暂告失败，原计划未能实现。蒋可然带领部分起义队员去和王璞率领的第三、第四支队会合。

1948年9月2日，王璞带领的第三、第四支队与蒋可然带领的第八支队部分队员在岳池县三元寨会合。

当晚，王璞召开了起义部队指挥员军事会议，分析了当前形势，号召部队要以顽强的革命毅力，大无畏的革命精神，准备粉碎敌人的围剿。会上决定将部队统编为“西南民主联军川东游击纵队”，设三个大队和一个突击队。秦鼎任突击队长，蒋可然任突击队指导员。会议刚结束，由国民党少将樊岭率领的3000多人的联合“清剿”队，追赶至三元寨附近，占领了三元寨四面的要地。司令部根据这一紧急情况，命令三元寨附近的小分队，立即集中于三元寨，作好战斗准备。

9月3日凌晨，司令部下达了战斗命令，各大队立即分头进入战斗岗位，突击队在蒋可然、秦鼎的带领下迅速下寨，坚守住三元寨上的唯一通路。

中午，马鞍山方向来的敌人首先向起义军突击队发起攻击。霎时，机枪、步枪、冲锋枪子弹如暴雨一般向突击队的阵地倾泻而来。敌人以强大的火力为掩护，让几十个敢死队员冲在前面，后头大队紧随，向突击队的阵地发起冲锋。突击队员们在蒋可然的指挥下隐蔽埋伏，沉着应敌。敌人见起义军毫无动静，便发出豺狼般的嚎叫，疯狂地向突击队阵地冲锋。当敌人距离50米左右时，蒋可然一声令下“打”，我突击队的机枪、步枪、手枪一齐猛烈射击。这突然的还击，打得敌人丢盔卸甲，滚的滚，爬的爬，喊爹叫娘，尸横遍野。那些所谓的“敢死队”也狼狈地逃回了马鞍山。以后，敌人又多次发动进攻，均被我军击退。

三元寨战斗，从头天上午一直打到第二天晚上。起义军先后打退敌人数十次疯狂进攻，自己无一伤亡，敌人却死伤数十人。直到晚上10点过，敌人害怕起义军夜袭，才不得不龟缩于对面山上。

9月4日晚，王璞召集指挥员军事会议，商讨对策。一部分人主张继续打下去，给敌人以重创；一部分人认为应该坚守，以逸待劳。这时，蒋可然站起来说：“同志们，目前形势对我们相当不利，敌人数倍于我们，而且重庆、南充等地的敌人正相继赶来，三元寨已处于敌人的重重包围之中，况且三元寨无险可守，继续打下去我们肯定要吃亏。我们应该保存革命力量，迅速甩掉敌人，乘黑夜突围。”经过讨论，王璞决定采纳蒋可然的建议，迅速甩掉敌人，向武胜县石盘乡、合川县金子乡一带转移。

当晚，部队神出鬼没地撤出了三元寨。因天黑下雨，部分起义人员掉队，蒋可然奉命率人前去寻找。9月5日，在南充县兴隆场附近被敌乡丁发现，不幸被捕，押至岳池监狱。后转到重庆，关进震惊中外的杀人魔窟——渣滓洞监狱。

1949年11月，刘邓大军的隆隆炮声震撼着山城，盘踞在重庆的美蒋特务见大势已去，在仓皇逃窜之时，疯狂地开始了大屠杀。蒋可然与江竹筠（江姐）等 30 多位难友，高唱着《义勇军进行曲》，高呼“中国共产党万岁”“民族解放万岁”从容地走向刑场，在电台岚垭英勇就义，用自己光辉的足迹，谱写了一曲壮丽的人生赞歌！

1950 年 2 月，重庆市人民政府批准蒋可然为革命烈士。1984 年 9 月 1 日，陈云为英烈们题词：“永远纪念千百万为建立新中国而牺牲的革命烈士！”9 月 17 日，廖志高为英烈们题词：“在敌人面前英勇不屈、壮烈牺牲的烈士们的革命精神，将永远受到人民的敬佩！”

（滕明雁：《蒋可然烈士事迹》，中华英烈网）

江竹筠

（1920—1949）

到解放区去

我要到敌后，
到解放区。
我厌恶，
住在腐烂了的城市，
跟着烂下去。
我恨不得，
早点离开
那政客们所玩弄，
就是特务的盯梢，
狞笑和狂吠的这些学校。
烈火，
在地面燃烧；
烈火，
在我心里燃烧呵！
我已经，
决定了
我就要到敌后，
到解放区。

我没有想，
我要躲避
讨厌的环境；
到另一个
村落，
去看看星星，
白云，
听流水的声音，
赶走现实的丑恶，
暴虐和灾难。
我潜入敌后，
并不是要伴爹娘妻子，
做安分的奴隶
或者我到解放区，
只是仅仅为了，
去看看新奇的东西；
去采撷由人民，
播了种，
开了花，
在民主的欢笑声中，
收获下来的
幸福的果实。
不，
我去，
是为着
这里有无数痛苦贫穷的农民
他们张开含泪的眼睛，
伸出求援的手

这里有无数的市民，
他们窒息在无望之中，
要求着世界来一个改变。
因为他们需要一个新的年头。
在敌后，
在解放区呢！

在狱中给亲戚的信

竹安[1]弟：

友人告知我你的近况，我感到非常难受。幺姐及两个孩子[2]给你的负担的确是太重了，尤其是现在的物价情况下，以你仅有的收入，不知把你拖成甚［什］么个样子。除了伤心而外，就只有恨了……我想你决不会抱怨孩子的爸爸和我吧？苦难的日子快完了，除了这希望的日子快点到来而外，我什么都不能兑现。安弟！的确太辛苦你了。

我有必胜和必活的信心，自入狱日起（去年6月被捕）我就下了两年坐牢的决心。现在时局变化的情况，年底有出牢的可能。蒋王八的来渝固然不是一件好事，但是不管他若何顽固，现在战事已近川边，这是事实，重庆在［再］强也不可能和平、京、穗[3]相比，因此大方的给它三四月的命运就会完蛋的。我们在牢里也不白坐，我们一直是不断的在学习，希望我俩见面时你更有惊人的进步。这点我们当然及不上外面的朋友。话又得说回来，我到底还是虎口里的人，生死未定，万一他作破坏到底的孤注一掷，一个炸弹两三百人的看守所就完了。这可能我们估

[1]竹安：即谭竹安，共产党员，谭正伦的弟弟。
[2]幺姐：指彭咏梧烈士的原妻谭正伦；两个孩子：指谭正伦所生儿子彭炳忠及江竹筠所生儿子彭云。彭云一岁多即由江竹筠嘱托谭正伦和谭竹安代为抚养。
[3]平、京、穗：即北平、南京、广州 。

计的确很少，但是并不等于没有。假若不幸的话，云儿[1]就送你了。盼教以踏着父母之足迹，以建设新中国为志，为共产主义革命事业奋［斗］到底。

孩子们决不要骄［娇］养，粗服淡饭足矣。幺姐是否仍在重庆？若在，云儿可以不必送托儿所，可节省一笔费用。你以为如何？就这样吧。愿我们早日见面。握别。愿你们都健康。

竹姐

八月二十七日[2]

来友是我很好的朋友，不用怕，盼能坦白相谈。

烈士事迹

你是丹孃的化身，
你是苏菲娅的精灵，
不，你就是你，
你是中华儿女革命的典型。

这是何雪松代表全体难友慰问江姐的赠诗。

1949 年 1 月，正是江竹筠的丈夫彭咏梧牺牲一周年的时节，她又一次被押到刑讯室审讯，从早到晚，敌人反复使用酷刑，逼她交出下川东武装暴动的组织，她坚毅地回答：

“杀了我也不知道组织……你们是枉费心机，永远也达不到你们的目的……

“你们这些丧尽天良的家伙，不是说还有更厉害十倍、百倍的刑具

[1]云儿：即彭云。
[2]八月二十七日：农历己丑年八月二十七日，即公历 1949 年 10 月 18 日。

吗？请吧！拼一条命给你们整……”

特务无奈，叫来叛徒对质，江姐痛骂叛徒：“你这条恶狗，乱咬人……你陷害好人……”叛徒只得低头不语。大小特务摇头叹息说：“共产党厉害就厉害在这些地方。”

狱中难友对江姐的坚贞不屈，无不钦佩，很快掀起了慰问江姐的热潮。

江竹筠，四川自贡人。8 岁随母亲逃荒到重庆舅父家寄居，10 岁就当童工，12 岁才入小学，19 岁加入中国共产党，随后由组织资助进入四川大学肄业。1947 年受党组织派遣到下川东武装斗争的前线云（阳）奉（节）两巫（巫山、巫溪）从事联络工作。1948 年 1 月，武装暴动失利，江姐的丈夫彭咏梧英勇牺牲，江姐坚持要在“老彭倒下的地方继续战斗”。1948 年 6 月 14 日在万县不幸被捕。

江姐在狱中不曾有一刻忘记苦难的过去，也始终乐观地期待着美好的未来。1949 年 8 月，同室难友曾紫霞将被释放，江姐用竹签蘸着棉花灰制成的墨水，在毛边纸上写下了最后一封信托曾紫霞带出。1949 年 11 月 14 日，她和其他 29 名难友，被难于歌乐山军统集中营内的电台岚垭。

（中共重庆市委党史研究室编：《血泪的嘱托》，重庆出版社 1996 年版）

杨汉秀

（1913—1949）

口头遗嘱[1]

孩子：妈妈不怕死，你也不要怕！妈妈回来或是不回来，都有可能牺牲。即使我被害了，也会有人照顾你们兄妹，你要坚强些，以后成为一个勇敢的青年，进步的青年，长大了好为妈妈报仇！

附：

吊吴铭烈士

龙潜[2]

延安求学胜利归，胜利回川思有为。

美蒋合作儿女悲，英雄遭厄志士危。

渣滓洞里作楚囚，岂为刑逼而低头。

---

[1]1949年，杨汉秀在渠县警察局囚禁时给孩子的口头遗嘱。

[2]龙潜，1946年在中共中央南方局做组织工作，新中国成立后到重庆渣滓洞凭吊牺牲的难友，写下《吊渣滓洞诸烈士》诗八首，《吊吴铭烈士》是其中一首。吴铭即杨汉秀。题目为编者添加。

威武难屈奇女子，鬼蜮伎俩止此耳。
人生一死何足惧，碧血丹心永在兹。
一人死去千万继，全国胜利屈指期。
中国女儿最多情，多情端的为人民。
我思烈士有典型，文采风流今尚存。

烈士简介

杨汉秀，又名俊、稚华，延安时改名吴铭，四川广安人，军阀杨森侄女。1926 年随父在万县时，深受朱德喜爱。1938 年到八路军总部找到朱德，参加八路军。1939 年随朱德到延安，入延安女子大学、鲁迅艺术学院、抗日军政大学学习。1942 年加入中国共产党。1946 年回川做上层统战工作。1947 年、1948 年两次被逮捕，经杨森保释出狱。1949 年重庆“九二”火灾时，杨森嫁祸给共产党，她予以揭露痛斥。9 月 17 日被密令逮捕，11 月 23 日被暗杀。

（中共四川省委党史研究室编：《四川革命烈士诗文选析》，四川人民出版社 2016 年版）

宣灏

（1917—1949）

遗书

亲爱的朋友，思想上的同志——请允许我这样称呼你。

从今天下午老邓的走（还不清清楚楚地摆着么，他们是完结了呵！），我想，你们的案子是结束了，你和老刘［国鋕］的生命也许是保全了[1]；但从另方面，我们得到确息，我们这批从贵州来的同志[2]，已于10日“签呈”台湾[3]，百分之八十是完结的了；因此，在临死之前，我想向你说几句我久想向你说，而没有说成的话。请你了解我，而为我和其他的同志报仇！

我是江苏江阴人，父亲是一个鲜鱼小贩，因为家庭穷困，11岁上母亲逝世后，我即帮着父亲挑担作生意，一面在小学读书。小学毕业后，曾在初中肄业半年，16岁，到无锡一家水果店学生意。但我异常厌恶那种狭小而庸俗的生活，希望求取知识，和到大的世界去活动。我知道我的家庭是不能满足我的这种希望的，于是我便逃到扬州一个驻防军里去当兵，大概干了3个月，我就被我的父亲找来领回家去了。

在家里，上午我帮着父亲挑担作生意，煮饭烧菜。下午，便独自躲在光线暗淡的小室里学画，读当时新兴的小说，和浅近的社会科学书籍。

[1]你和老刘的生命也许是保全了：11月27日晚，刘国鋕与宣灏同时殉难。

[2]从贵州来的同志：指1946年7月从息烽监狱合并到白公馆的一批政治犯。

[3]“签呈”台湾：当时保密局本部已迁往台湾，此处指狱中难友已由保密局决定处决。

我没有相好的朋友。因为，即使有钱人的子弟愿意与我交往，他们的父母却讨厌我到他们家去玩："你看他身上穿得多破烂，多肮脏呀！朋友多得很，为什么独独要找他，给人家看了笑话啊?!"我的孤僻矜持的性格，就是从那个时候开始形成的；同时，那样的生活也给我带来了坏影响：求点知识，学点本领，"我"将来要往那些有钱人淘[1]里爬！——现在想起来，当时的心理是多卑劣，多无耻啊！

到我18岁那年的秋天，我的一位有钱的远亲，把我介绍到上海东南医专的解剖实习室去当助手和绘图（解剖图）员。

除了规定的工作而外，我也可以［做］和自己工作有关，或感到有兴趣的功课，随班听讲。两年半时间，使我懂得了一些生物学，和别的自然科学的知识，幽静的实习室生活，也养成我沉默而不管时事的个性。

二十四年[2]底，上海学生为了"何梅协定"[3]事件，赴京请愿抗日，我也参加了那些伟大的行列；从那时以后，我忽然又感到自己生活的狭小无味，和前途的黯淡了。我到处托人活动转业，最后回到家乡小学里当了教师，接着又当了一学期小学校长。这样我的生活是"独立"了，因为职业关系，也得到少数人的尊敬了。但我应当说，我是一直在个人主义的道路上横冲瞎撞而已！直到抗战爆发，因为接触到了一些新的人和新的事物，我才开始认识到要为人类作一点真正有意义的事业，但可惜的是：我走进了一个反动的军队，还认为他们是为民族谋利益的阵容［营］。因为想学一点军事学识，三个月后，我考进了这"团体"[4]的"息烽训练班"（他们是以"中央军校特种技术训练班"的名义来招生的）受训。但因当时不明其性质和纪律（那时是缺乏政治常识和经验的啊!）我照常和外面的朋友通信，照常读我爱读的书籍，因此，不到四个

---

[1]淘：江苏方言，"堆"的意思。

[2]二十四年：民国二十四年，即1935年。

[3]"何梅协定"：1935年7月，国民党军事委员会北平分会委员长何应钦，与驻华北日军司令梅津美治郎秘密签订了出卖河北、察哈尔主权的"何梅协定"。

[4]团体：军统内部人员，讳称军统局本名，而以"团体"二字代替。

月，我就被捕了！

在监禁之初，我的情形是并不很严重的：他们只要我表示悔过，并想利用我的亲笔信去诱捕与我通信的在贵阳的朋友——“读新书店”经理——就可以放我。可是朋友，我这时已经明白了他们所谓“团体”的政治性质，我是真正的人民之子啊，我怎么能入于这些狐群狗党之流？怎么能出卖我敬爱的朋友，以换取一己的荣华富贵？于是在那个暗黑的微雨茫茫的夜晚，我从禁闭室里冲出来，想跑到我所憧憬的新天地——驻有人民队伍新四军的皖南去，然而由于自己的幼稚无识，在十里之外，我又被捕了！

虽然不是党员，但我对共产主义和人民的党的诚信，也像你们一样，用行动来保证了的。在九年多监禁期中，我不断的读书和磨练自己的文笔；我郑重的发过誓：只要能踏出牢门，我仍旧要逃向那有着我自己的弟兄的队伍中去！

一次次难友的牺牲，更加强了我这愿心：我决定，只要我能活出来，我要运用我熟悉的工具——笔——把他们秘密着的万千的罪恶告诉给全世界，作这个时代的见证人！可是朋友啊，我的希望将付之流水了！我是多么可怜自己，替自己惋惜，替自己哀悼啊！

朋友，我们的生命，是蒋介石匪帮，在人民解放军就要到临的前夕，穷凶极恶地杀害了的！他们既然敢犯罪，就应该自己负起责任来！朋友，请你牢牢记住：不管天涯海角，不能放过这些杀人犯！当人民法庭审判他们的时候，更不能为他们的甜言蜜语或卑贱的哀恳所哄过！“以血还血”，这是天经地义的事！

我相信革命党人对死难朋友的忠诚，一定会满足我上述的希望，使我含笑于九泉的！

灏弟上言

十一月十五日

烈士事迹

在重庆“一一二七”大屠杀中牺牲在重庆歌乐山集中营的200余名革命烈士中，宣灏的经历颇为奇特。

他是江苏江阴人，家里很穷，11岁就帮着父亲挑担卖鱼，16岁到水果店学做生意。18岁时又到上海东南医专解剖实习室当助手。1935年回到家乡当小学教师。1940年为广告欺骗，误入军统局息烽特训班。因继续与进步朋友通信，被关禁闭。他逃出禁闭室，打算投奔皖南新四军，不幸被抓回关入息烽监狱，后转来重庆白公馆监狱。在长达9年多的囚禁中，他与一批批革命志士接近，深受熏陶感染，向往能冲出牢门投入革命队伍。他决心把军统监狱黑幕写成书稿，公之于众，但尚未执笔，大屠杀就开始了。

1949年11月14日，江竹筠等30人被杀害于电台岚垭刑场。宣灏于次日写下遗书交给难友罗广斌。在信中，他以赴死的决心，在革命同志面前剖析了自己曲折的一生，倾诉了他“对共产主义和人民的党的诚信”，愤怒地控诉了反动派的罪行。

罗广斌将此信秘密藏在牢房地板下面，幸而未毁，新中国成立后从原处取出。

（中共重庆市委党史研究室编：《血泪的嘱托》，重庆出版社1996年版）

张静芳

（1912—1949）

庄稼汉

我们庄稼汉，一身贫贱，
吃不饱，穿不暖，四季不闲。
高利贷，地租刮，还不稀罕，
连人身自由权也一概剥完。
说到那打国战少爷不见，
只有那穷干人勇敢上前。
为救国，去抗战，才有出路，
砸碎了千年枷锁换新天。

大家齐动手[1]

东洋疯狗，来到湖口。
探头探脑，想吃骨头。
弟弟看见，高声叫吼；
妹妹看见，掉头就走；
妈妈看见说："不要吼，不要走，

[1]此为作者编写并广为传唱的抗战歌谣。

悄悄叫你爸爸来，刀枪棍棒握在手，
等他进湖口，大家齐动手。”

烈士事迹

张静芳，女，原名江东琼，化名吴蓉，1912 年出生在四川渠县渠江镇。抗日战争爆发后，积极参加抗日救亡运动，1939 年 3 月入党，与丈夫唐虚谷一道，参加党的活动。在政治上，她是唐虚谷的战友和助手；在生活上，她是唐虚谷的好伴侣。无论是在上川东的渠县家乡，或是去下川东的梁平、万县；无论是蹲山沟或是两次到南方局学习，她始终没有离开过丈夫的身边，以参谋、助手、后勤和警卫的角色，支持、体贴丈夫，使他的工作干得更加顺利。张静芳和唐虚谷夫妇，真正做到了同生死共患难。

张静芳一生，多数时间以从事教育工作为掩护职业。她能自编教材、谱写歌曲。她编的歌曲，言简意赅，好懂易记，内容都是反剥削、反压迫、反内战，鼓励劳动生产、改天换地的。如“东洋疯狗，来到湖口。探头探脑，想吃骨头。弟弟看见，高声叫吼；妹妹看见，掉头就走；妈妈看见说：‘不要吼，不要走，悄悄叫你爸爸来，刀枪棍棒握在手，等他进湖口，大家齐动手。’”

1948 年 6 月 17 日，因叛徒出卖，张静芳在万县龙驹坝与丈夫唐虚谷一同被捕，押解途中，长滩乡的群众，扶老携幼前来探望。后被押送至重庆渣滓洞监狱。在敌人的逼供下，张静芳坚称自己是家属，不识字，丈夫的事情，她完全不知道。严格保守了党的机密，保持了一个共产党员的崇高品质。

在狱中，张静芳悄悄为难友做了不少事情。难友受刑后，她主动照顾，为她们洗伤口换药，端水喂饭，缝补衣裤，狱中难友左绍英、彭灿碧生小孩，她主动热情地为她们接生，还照顾婴儿的吃、穿。她还为男室难友缝缝补补，难友们都尊称她“好大姐”。

1949年11月27日，张静芳在重庆渣滓洞敌特的大屠杀中，英勇牺牲。

（中共万县地委党史工作委员会编：《碧血丹心 下川东英烈》，四川人民出版社1990年版）

艾文宣

（1913—1949）

悼龙光章同志

不要眼泪，
不要人民的慰藉。
记着啊——
中国人还活着，
这血写的账簿，
将是一块历史的丰碑！
死，是永生，
死，并不是战斗之火的熄灭。
让他永不磨灭的忠魂，
在清［青］翠的歌乐山巅，
仰望黎明！

答傅伯雍《入狱偶成》

别妇抛雏不顾家，横眉冷眼对虎牙。
深知牢底坐穿日，全国遍开胜利花。

赠傅伯雍狱中 30 岁生日联

为民主坐牢，九个月毫无怨言。

恨独裁革命，三十年视死如归！

挽彭如松联

六十高龄领导群众，川东撑义旗。

数百难友窒息魔窟，巴山哭英灵。

烈士简介

艾文宣，又名白哲，四川广安人。1931 年加入中国共产党。1938 年到重庆《新蜀报》报馆工作。皖南事变后回广安任《广安民报》编辑。1945 年 10 月到重庆做青年运动工作。1946 年后任岳池县尚用中学训育主任，在校内秘密建立党支部。1948 年任中共上川东地工委第七工委委员，负责广（安）岳（池）边区党的工作。1948 年 8 月参加华蓥山武装起义，变卖全部家产为党筹集经费。9 月 28 日被捕，关进重庆渣滓洞监狱。1949 年 11 月 27 日在大屠杀中牺牲。

（中共四川省委党史研究室编：《四川革命烈士诗文选析》，四川人民出版社 2016 年版）

许晓轩

（1916—1949）

赠别[1]

相逢狱里倍相亲，
共话雄图叹未成。
临别无言唯翘首，
联军已薄沈阳城。

吊许建业烈士[2]

噩耗传来入禁宫，
悲伤切齿众心同，
文山大节垂青史，[3]
叶挺孤忠有古风。
十次苦刑犹骂贼，

---

[1]这首诗是许晓轩1947年底在白公馆集中营写的。当时他常与李子伯等筹划集体越狱，后李子伯等被移走，他作此诗赠别。李子伯烈士，四川营山人，1939年加入中国共产党。曾在抗大晋南分校学习，毕业后回蒋管区从事兵运工作。1947年计划发动川东农民武装起义，不幸于10月间被捕。1949年11月27日牺牲于重庆军统集中营。

[2]许建业烈士，四川邻水人，共产党员，曾任中共重庆市委委员、工运书记。1948年4月被国民党反动派逮捕。同年7月21日，牺牲于重庆大坪。

[3]文山：文天祥。

从容就义气如虹。
临危慷慨高歌日，
争睹英雄万巷空。[1]

除夕有感[2]

不悲身世不思乡，百结愁成铁石肠。
止水生涯无节日，强颜欢笑满歌场。
追寻旧事伤亡友，向往新生梦北疆。
慰罢愁人情未已，低徊哦诵“惯于”章。[3]

狱中给哥哥的信

半月前曾分别寄渝申新章剑慧先生转施之铨先生转锡铁樵兄及京张、震国先生处三信，不知收到否？信内曾分别请寄款及留交款，现在如还未办，都请不必办吧，因为人事又有变动了。

几年来想到你的时候，总觉你是一个善良的兄长，虽则我们之间隔着一段距离，但只是另一方面的事，就手足之谊来说，我是很觉内疚的。记得逃警报的时候你的两句诗是“货殖为求慈母喜，时难倍觉弟兄亲”，当时我读完了竟仍懵然，现在才体会到你的心情，也才了解到自己的稚气。

想到母亲，我也很觉有罪，当时我偶而［尔］回家，总是淡然的，记得母亲说过我是“哑吧［巴］”，真是的，为什么我不能体念到老人家的心情呢？这自然是时代的距离，可是对于伟大的母爱，竟能这样淡然

[1]许建业被捕以后，多次遭受酷刑，始终坚贞不屈。临难时，沿街高呼口号，慷慨激昂，沿途群众对烈士的英雄气概无不崇敬感动。
[2]这首诗是在狱中除夕夜里作的，写在一封家信里。
[3]“惯于”章：鲁迅哀悼柔石等五位烈士惨遭杀害作的诗，首句“惯于长夜过春时”。

忘之吗？想来想去，我觉这仍是由于稚气所致（这决非想掩饰，确系实情，至少是此时作如此想法）。此外我还检讨出我从父母继承到的性格。从父亲那里继承到了淡泊和大度，从母亲那里继承到了扶弱抗强，这些在后来我走的道路上都曾起过积极作用的，也可说是二老给我的宝贵产业，我会好好保存和发扬它的。

现在我没有什么可以安慰母亲了，说我还活着吗？然而何时可以回家呢？想来还不如不提起，也许可以省掉一番伤心吧。今后还请你继续为我多尽一些责任，衷心感谢你！

我和华[1]相处几年，始终未能好好体谅她过，没有帮助她，慰藉她，丽［而］总是冰冷和又有不决绝的样子，虽则基本的成因不在我（当然更不能责她），但以我们之间的地位处境、学力，等等来说，我也应该负起没有积极主动地设法改善我们的生活的责任来，从而我也应对她致衷心的歉意。

现在我有三点意见要对她说——这是几年来的私心，总没有机会吐露出来，现在所以写了一封信，又写一封，也是恐怕信有遗失，不易达到她手的原［缘］故。我的意见是这样的：（一）我无归期，请她早作打算，不必呆等。说起来似乎很不适合，其实是很合理的。侭这样等下去，到何时是了呢？固然办起来是不容易的，所以我又想到第（二）[2]希望她能找点无论什么事做做，以此走出家庭，并谋自立。（孩子请嫂嫂或诚姊代照顾一下。）如果她愿意而又能够设法到我的老友们那里去找事做去，那就更好了。（三）新［馨］儿长大务必送到我的老友们处去教育。这三点希望全家人帮助她，说服和开导她，我衷心感谢你们！

清姊的婚事后来如何解决的呢？提起这事我就很难受，我愿这事已经完满解决，那么就可减低我的“遗憾”了。

家里其他人的情形不明了，也无话可说，只望大家生活得好，有发

---

[1]华：许晓轩烈士的爱人。

[2]此处，许晓轩烈士在信旁加了一句话：“有了第二点，还是要行第一点，也可以说是为了第一点！”

展，不必记挂我。我已经历得多，什么都无所谓了。侄儿们有书可读固好，否则也应早点各自奔前程。

狱中写给妻子的信

华：

七年了！从二十九年清明节，我们抱着馨儿在屋后面小山坐着，看到德华走失了路，哭着由警察伴了回家，——从那时到现在，七年怕都过了一两个月了吧。七年是很长的一段时间，那么你受苦的时间也很长了。我实在对你不起，让你苦痛了这样久，而就是现在，我还是没有办法来安慰你，除掉说我还活着之外，还有什么可说的呢。还有就是我心里很不安。如此而已。不是想不出话说，而是无法说出实在可靠，可以兑现的话来安慰你啊。

七年，我当然也很不好易容［很不容易］度过，可是我的苦只是外形的，偶然的，有时伤一两天脑经［筋］，也就完了。并且我自己清楚苦的来源，因此我想得开，也不会失望和悲观。在你情形完全不同，我可以想得出，你是长时间沉在苦恼里的。就像我只有暂的苦恼一样，你这几年当中，怕也只有过暂愉快，或者只有过暂的离开苦痛吧？

几年来，我闲着无聊时，常常拿回想过去旧事作消遣。在回想里，当然也有我们过去的生活，每次想到我们在会府住着的一段生活，我就记起自己的过错了。（实在应该说是“认清了”的，因为那时候我并没有想到有什么不对的。）那时你让我帮助你读书，而我总是马马虎虎的拖着，结果是打断了你的兴头，你也就松了下来了。其余想的还很多，此地没法细讲的。

有时我也想到将来，有时更乱想一顿，像做梦一样，想到如果我永远不能回家，家里是怎样的情形。我想到馨儿长大了，她长得很结实，比你我都强。她读我读过的书，做我做过的事，并且相当能干，一切不落人后。我更想到，你在什么地方做一点小事，并且还有一位比我好的人在帮助你，你过着很好的生活。想着，这样想着，我心里舒畅得多，好象[像]肩膀上的一块重石头放下了，也好象[像]丢掉了人家一样重要东西又找回来了一样。请你不要怪我胡思乱想，我这样想确实一点没有坏心，不过这样想着顽[玩]罢了。前面我已说过，这就象[像]做梦一样，梦醒之后，一切又都是原样了。至于说我为什么要告诉你这些梦话，那不过是顺便提起，让你晓得我曾经做过这些梦而已。并且我早迟总说不定要回来吧，回来之后把这当着笑话谈也是好的。

最后我还要请你少记挂我，多关心孩子，把希望多放在孩子身上，她在面前，是可靠的。少把希望放在我身上吧，因为我是身不由己的人。说起来似乎是办不到的事，但请你练习起来，日子久了，会慢慢习惯起来的。

还要申明一句，如果有机会，我决定要回来的。虽然我这一辈子大概免不了在外边奔波，但回一趟家是一定无疑的，并且如果你愿意又不怕劳苦，而且机会又许可的话，那我们一同到外边走走也不错啊。说着说着，又扯远了，远了的事，世界上没有神仙，谁料得定呢。那么还是上面的话：多关心孩子，少记挂我吧！

安

四月十五

烈士事迹

在整理馆藏文物时，我偶然发现1947年许晓轩关押在重庆白公馆看守所时写给妻子姜绮华的一封信，不免好奇，便细读信中内容。许晓轩是红色经典小说《红岩》中齐晓轩的人物原型，原以为他写给妻子的信应该通篇是正义凛然、大气磅礴的辞藻，讲革命道理，谈人生理想。然而，此信的字里行间却尽显温情，透露出的是一个离家7年之久的男人对妻子、女儿的愧疚和无限思念，一位慈爱的父亲对女儿的将来寄予的殷切希望，以及一个革命者不管情形怎样“也不会失望和悲观”的乐观向上的精神。这封信让我们看到了许晓轩这个铁血男儿的一腔柔情。

字字动容，狱中写信道尽对妻儿思念

此信纵 20 厘米，横 16.3 厘米，钢笔书写，文字由左至右，正反两面均写有内容。

信中的内容可谓字字感人肺腑、句句令人动容。读完此信，不禁使人潸然泪下。为什么许晓轩会给妻子写这样一封信？又是什么原因导致许晓轩和姜绮华这对恩爱夫妻分别长达 7 年之久而不得见面的呢？

往事历历，恩爱夫妻诀别 7 年之久

许晓轩和姜绮华都是江苏江都人。1935 年，19 岁的许晓轩和 18 岁的姜绮华按照中国传统的婚姻方式“父母之命，媒妁之言”而结合。结婚之前，他们既未谋面，也没有花前月下、卿卿我我的浪漫恋爱经历，但婚后却是惺惺相惜、恩爱有加，过着简单幸福的生活。

1938 年初，在无锡工益铁工厂当会计的许晓轩随工厂内迁到大后方重庆，后来在救国会负责人沙千里的介绍下，认识了重庆青年职业互助会的领导人杨修范。随后，他加入了中国共产党领导下的进步团体重庆青年职业互助会，并积极参加互助会组织的演讲集会、歌咏比赛、抗敌演出、街头宣传等抗日救亡活动。由于许晓轩为人诚恳、待人热情，参加活动积极，又有很强的组织能力，很快便成为互助会的核心成员之一。

随着形势的发展和革命的需要，1938 年 5 月，经杨修范介绍，许晓轩加入了中国共产党，先后担任中共川东特委青委委员、重庆新市区区委委员。入党后，他经常变换工作以适应革命的需要，还经常深入基层，特别是工厂，领导和发动群众开展地下工作。就在许晓轩全身心地投入到革命工作时，危险也随之降临。1940 年 4 月，他去位于大溪沟的二十

一兵工厂开会时，因叛徒出卖而被秘密逮捕，被关押进重庆望龙门看守所。他被逮捕时，与姜绮华结婚仅仅 6 年，女儿许德馨出生刚刚 8 个月。

当姜绮华得知丈夫被捕的消息后，精神几近崩溃，虽然她平时不懂也不过问政治，但她知道被军统抓进去的人几乎没有活着回来的希望。悲痛之下，她患上了严重的肺病，卧床整整 3 年。3 年里，她在生活上和精神上都承受着巨大的压力，但她没有倒下，不仅仅是因为她那可爱女儿的支撑，更是因为她期待奇迹能发生，希望丈夫有一天能平安回来。许晓轩被逮捕之初，夫妻二人还可以通过某种渠道书信来往，但随着 1941 年许晓轩被转押至贵州息烽监狱后，两人的通讯就中断了。1946 年 7 月，贵州息烽监狱撤销，他被转往重庆，先后关押在渣滓洞、白公馆。

多年的监禁生活，不仅没有消除许晓轩对妻子、女儿及家人的思念，反而使这种思念之情更加浓烈。有一次，许晓轩被押到外面做苦工，看到满山挺拔的松树随风摇摆，小鸟在枝头欢快地跳跃、歌唱，微风拂面，令人心旷神怡。此情此景，他脑海里顿时浮现出 7 年前的清明节和爱妻、女儿在屋后的山坡上散步的温馨画面，心里不由感慨万千。做完工回到白公馆看守所，他将思念之情付诸笔尖，给妻子姜绮华写了本文所述的这封信，并设法托人将信带出。

丈夫遇害，妻子捐出遗信以志永久纪念

6 年时间，音讯全无，突然收到丈夫的来信，姜绮华激动万分，当看到信中内容“少记挂我，多关心孩子，把希望多放在孩子身上……少把希望放在我身上吧，因为我是身不由己的人”的语句时，姜绮华已是泪流满面、泣不成声。她知道丈夫不是不爱自己了，而是因为太爱而想放手，让自己去寻找幸福。擦干眼泪，她再次为营救丈夫而努力。1947 年 9 月，她向重庆地方法院发出申诉状，要求当局释放许晓轩，而法院则以军统局已经撤销，无法办理为由，拒绝了她的申请。悲愤之下，她带着女儿离开了这个令人伤心欲绝的城市去了上海。

上海解放后，姜绮华更加关注重庆的消息时，她希望人民解放军尽快解放重庆，解救自己的丈夫。然而，悲剧还是发生了。1949 年 11 月 27 日，国民党统治集团在逃离重庆前夕，下令对关押在白公馆、渣滓洞的革命者实行集体大屠杀，许晓轩没能幸免于难。他牺牲时，距离重庆解放仅仅只有 3 天！

当姜绮华得知丈夫被害的消息时，肺病复发，无法亲赴重庆认领丈夫的遗体，但她发誓，在有生之年，她一定要回到令她魂牵梦萦的重庆，去看看她的亲人，看看她那挚爱的丈夫。想念丈夫时，她会把这封随身携带且精心保护的信拿出来一遍一遍地看，只有此时，她才感觉到丈夫就在身边而没离开。1963 年，重庆美蒋罪行展览馆成立后，展览馆向烈士家属发出倡议，希望能收集烈士的遗物，以便更好地宣传革命者的英勇事迹。尽管非常难舍，但是为了让更多人了解丈夫的事迹，1965 年，姜绮华毅然将此信捐赠给展览馆。1995 年 3 月，此信被重庆文物评定小组的专家一致认定为一级文物。

1981 年，时隔 30 多年，姜绮华再次回到重庆。当她来到白公馆关押过丈夫的牢房，用手抚摸着展墙上丈夫的照片，泪如雨下，很久才泣不成声地说道："晓轩，我回来看你来了。"在场的人无不为之动容。许晓轩和姜绮华相聚相守的婚姻生活虽然只有短短的 6 年，然而姜绮华却用了近半个世纪固守着这份情感，并将继续固守着……

（王浩：《一封感人肺腑的烈士遗信》，《红岩春秋》2014 年第 12 期）

刘振美

（1916—1949）

西昌出狱赠友书怀

秋风孤雁落天涯，回首河山白日斜。
半世奔驰为报国，一身飘泊竟无家。
流水高山有伯乐，乘车戴笠非须假。
司马泞山连二雨，邛湖携酒看芦花。

无题

凤尾从来逞艳姿，
巴山夜雨梦回迟；
史家高秉董狐笔，
诸子低吟鲁迅诗。
初稼新逢六月雪，
厄杨仍发一年枝；
余生入狱何足畏，
且看中天日影移。

1949 年渣滓洞楼上一号牢房

烈士简介

刘振美，又名济民，字中庸，四川纳溪人。1930年到成都读书，1935年到北平清华大学旁听。曾因参加“一二·九”学生运动被捕入狱。1936年到1939年，回四川从事进步文化宣传和文学创作。1940年在国民党九十五军政治部任戏剧指导等职，后到学校教书。1946年参加中共的“青年学会”，担任《护国青年》主编，在重庆筹办《华美书屋》宣传革命思想。1947年3月被特务逮捕入狱，1948年8月转押重庆渣滓洞。1949年11月27日牺牲。

（中共四川省委党史研究室编：《四川革命烈士诗文选析》，四川人民出版社2016年版）

白深富

（1917—1949）

花

我爱花。
我爱洋溢着青春活力的花，
带着霜露迎接朝霞。

不怕严寒，不怕黑暗，
最美丽的花在漆黑的冬夜开放。

它是不怕风暴的啊，
风沙的北国，
盛开着美丽的矫健的百花。

我爱花。
我爱在苦难中成长的花，
即使花苞被摧残了，
但是更多的
更多的花在新生。

一朵花凋谢了，

但是更多的花将要开放，
因为它已变成下一代的种子。
花是永生的啊，
我爱花，
我爱倔强的战斗的花。

花是无所不在的，
肥沃的地方有花，
贫瘠的地方有花。
在以太里[1]
有无线电波交织的美丽的花；[2]
在一切的上面
有我们理想的崇高的花。

我爱花，
我愿为祖国
开一朵绚丽的血红的花。

烈士事迹

白深富，化名白石坚、白一民，1917 年 12 月 19 日出生于四川省璧山县（今重庆市璧山区）丹凤乡。1923 年入本保私塾读书，1930 年春，考入璧山县立第一高级小学。1932 年秋，考入重庆联合县中（简称“重庆联中”）初九班读书。

---

[1]以太：古希腊哲学家亚里士多德所设想的一种物质。是物理学史上一种假想的物质观念，其内涵随物理学发展而演变。
[2]指秘密收听解放区广播时的喜悦。

1935年夏，初中毕业。同年秋，免试直升本校高五班。

重庆联中在抗战初期，是一个有名的进步学校。图书馆里，不但有鲁迅、巴金、郭沫若、高尔基等中外作家的文学名著，而且也有《大众哲学》《新经济学大纲》《辩证唯物主义与历史唯物主义》等社会科学书籍。图书馆的书不但听任各人自由借阅，而且可以成立形形色色的读书会，如“救亡读书会”“人人读书会”等等。一些进步学生，还曾以读书会名义，敦请当时在渝名流到会讲演，如周恩来、郭沫若、邹韬奋、沈钧儒等，就到校讲演过。白深富是当时的进步学生之一，也是读书会的积极分子，他自己就曾组织过秘密读书会。他博学多才，兴趣广泛，由偏重自然科学转为喜爱社会科学，由爱读文学名著转为爱读马克思主义哲学、经济学。

卢沟桥事变后，重庆联中的抗日救亡运动蓬勃兴起。白深富已由一个埋头读书的“老夫子”变成为关心时事、走出课堂、积极从事救亡运动的爱国青年、学联骨干。

1938年秋，白深富考入中央大学教育系，在江北县的柏溪分校读书。1939年春，由张仲明介绍加入中国共产党，党名白石坚，编入中共中大柏溪分校支部，并担任党的小组长。1939年暑期，他实现了自己的诺言，介绍陈如元入党，单线联系；此外，还介绍重庆联中同学、璧山同乡邓平（元瑞）和谭绍二人入党。

1940年秋，白深富转到沙坪坝校本部学习，其组织关系编在刘兆丰负责的党支部。

1941年秋，去广安载英中学教书。1942年在重庆适存高商校任教员。1943年春，任本县璧南中学教务主任；同年秋，改任巴县辅仁中学教员，直至次年暑假。

1942年下半年，白深富在适存高商校执教时，碰见好友陈如元，白说：“我同上级的关系断了，你的关系自然也跟着断了，我们应当设法去找关系，不知你有无线索？”陈如元当即说他已与中共中央南方局青年组长刘光取得联系，现任四川省立教育学院青运组长。自此以后，白、陈两人，实际上便由刘光领导，直到1946年刘光离渝去沪，其间有三四年之久。

1944年上半年，白深富化名白石坚，打入国民党内部。10月，前往“中国国民党中央政治学校公务员训练部”（校址在重庆南岸小温泉）受训，秋天结业时受到校长陈梁夫召见。1945年春，被委任为“国民政府粮食部陪都民食供应处”科员。7月，利用璧山县县长王槐的同学关系（中央政校同学），就任璧山县政府教育科长。

1947年春，白深富将地下党员文静波安插到国立青木关中学任教。文静波此时的党组织关系恰好在中共重庆市委书记刘国定手里。他对白深富的脱党问题，经过一年的了解，情况基本搞清。于是，向刘国定做了说明，并引见了白深富。1948年元月，刘国定代表重庆市委恢复了白深富的党籍。3月，市委决定成立中共璧山县特别支部，派张铭新任书记，并通知白将张铭新安排在璧中教书，以作掩护。不久，璧山特支正式成立，共有党员五人，编为两组，白深富编在第一组，直接受张铭新领导。从此，白深富一方面以国民党员、教育科长的身份，战斗在敌人的心脏里，另一方面又是地下党璧山特支的重要成员，把璧山的革命工作，搞得有声有色。

1948年4月，重庆发生《挺进报》被敌特侦破事件，6日和17日，市委正、副书记刘国定和冉益智先后被捕、叛变，并供出了璧山特支的主要成员。同年7月，张铭新在璧山中学被重庆警备司令部逮捕；白深富闻讯后，立即告知文静波，旋即离渝他去。其余党员蒋德刚、邓领章、唐玉辉等立即离开璧山。此时的白深富本可跟着隐蔽，但他虑及所安插的20多名进步同志之安危，不愿遽然丢下不管；加之他认为，自己业已打入敌人营垒，且立足较稳，尚可留下继续战斗。8月18日，白深富在璧山县不幸被捕，囚于歌乐山下渣滓洞监狱。在狱中，他沉着镇定、视死如归，与刘振美等成立“铁窗诗社”，偶发诗篇，歌颂革命必胜，痛斥敌人罪恶。

1949年11月27日，白深富这位信仰坚定、刚强威武的共产党人，在即将见到革命胜利曙光之时，遭到敌人的枪杀。他用自己对党忠贞不渝的行动实现了“只为祖国不为家……要叫铁树开红花”的铮铮誓言。在祖国解放的丰碑上，永远留下了他的英名，我们将深切怀念他。

（中共璧山区委党史研究室编：《白深富烈士事迹》，中华英烈网）

何敬平

（1918—1949）

我是江河

我只是细小的溪流，
我只有轻轻的涟漪，
微弱的漩涡。

我将是汹涌的江河，
我要用原始的野性
激荡、澎湃！
我要淹没防堵的堤坝，
我要冲毁阻碍的山岳！
我决不让我的生命窒息，
我渴望海……
我不只是细小的溪流，
我不只有轻轻的涟漪，
微弱的漩涡。

我是江河！
我是江河！

1946 年于重庆电力公司

把牢底坐穿[1]

为了免除下一代的苦难，
我们愿——
愿把这牢底坐穿！
我们是天生的叛逆者，
我们要把这颠倒的乾坤扭转！
我们要把这不合理的一切打翻！
今天，我们坐牢了，
坐牢又有什么希［稀］罕？
为了免除下一代的苦难，
我们愿——
愿把这牢底坐穿！

1948 年夏于渣滓洞

烈士事迹

何敬平，又名前贵，1918 年生于四川省巴县（今重庆市巴南区）木洞乡一个贫农家庭。其父由于家贫又要抚养三子，操劳过度，过早去世。之后，仅靠其母帮人洗衣干活的微薄收入供何敬平上学。

1935 年，北平爆发了党领导的“一二·九”爱国学生运动。重庆各界闻讯响应。重庆大学连夜组成学生救国会。接着重庆 39 所中等学校成立了重庆学生救国联合会（简称“学救会”），并积极展开了声援北平的爱国学生运动。这时，何敬平在巴县中学也积极参加县中学救会的活动。

[1]这一首诗是何敬平在狱中所作，深为狱中同志所喜爱。

1936年6月上旬，从中央苏区脱险来重庆的漆鲁鱼，在县寓所与有关同志一起秘密成立了重庆各界救国联合会（简称“救国会”）。其会很快成了重庆群众性的抗日救亡运动的核心力量。

1937年7月7日，卢沟桥事变爆发，抗日民主运动席卷全国，重庆人民在中国共产党的领导下，纷纷投入运动，揭露日本帝国主义的侵略罪行，唤起民众，团结抗日。由于在抗日救亡工作中表现突出，何敬平被吸收为重庆公共汽车公司救国会小组成员。其成员每周以一个晚上，在曾家岩一店铺楼上学习《大众哲学》等革命书刊。漆鲁鱼亲自给他们讲解抗日救亡主张和进行革命人生观的教育。小组成员中，有一名约30岁的青年——曾坐过牢的“政治犯”，讲述了他的革命斗争经历，从而进一步提高了何敬平等一批革命青年的阶级觉悟，他们更加自觉地学习革命理论，积极完成救国会所赋予的各项任务。

救国会注意为党培养和输送干部。1937年底到1938年上半年，分批输送了100多名会员和青年到革命圣地延安和抗日前线，何敬平便是其中一员。1938年春节刚过几天，何敬平和一些青年踏上去延安的征程，集体到了西安，中途被同行者误解而被弃留于西安。正当他在人地两生、举目无亲、进退两难之时，国民党部队在西安招收一批爱国知识青年，参加抗日工作。何敬平则改名胡愈之，为解决他一时之难而加入其部，被分配到该部政治处作抗日宣传工作。不久，何随部队开赴安徽抗日前线。1941年，皖南事变后，何敬平进一步认识到了国民党假抗日真反共的本来面目而弃军回家。

何敬平先在重庆安康钱庄工作，后经同乡、同学重庆电力公司簿记股长刘德惠介绍到该公司工作。1945年2月电力公司发生了“胡世合事件”，即在2月19日上午，重庆电力公司因“中韩文协饮食部”偷电，特派工人前去剪线，不料挨了其茶房部的一阵打。第二天又派工人去交涉，却又遭到该部武装保安队的殴打和拘捕。在押往公司的途中，该部外交经理田凯，赶来向工友胡世合腰部击中一枪。不久，胡因枪伤严重而死亡。事件发生后，在中共中央南方局王若飞直接领导下，发动了以工人阶级为主的全市性的争人权、争民主的群众革命斗争。在斗争中，公司广大职工积极行动，何敬平与刘德惠一起，夜以继日地拟就《为惨杀重庆电力公司工友胡世合事件向各业工友、各界同胞控诉》的控诉书。控诉书中写道："我们含着热泪捧着一颗苦痛的心，代表着胡世合同志的亲友和工友们，向你们请求正义的声援和正义的裁判，你们一定会伸出援助之手，也倾听我们的哭诉!""今天我们极需要同情和声援。当我们站在胡工友的83岁高龄的母亲和其怀抱幼女的妻子面前，我们真正感到哭天无门，悲痛万分!"这些词语深深赢得了读者、听众的同情和支持。很快形成了声势浩大的为胡世合申冤的群众运动。在短短的10天中，到市中区（今渝中区）长安寺胡世合灵前送挽联、献花圈者达20万人之多。还有不少单位和个人向胡世合家人捐钱捐物，以示同情和支援。何敬平以公司职工名义写了一副挽联："特务横行何处去？民主自由几时来？"深刻揭露了反动当局的黑暗统治，热切反映了人民群众渴望民主和自由。何敬平还为扩大影响每天挤出时间去胡世合灵前抄写有关挽联，及时送《新华日报》发表，效果很好。上海总工会、晋冀豫职工总会及山东等地向重庆发表慰问信函电沉痛哀悼！有力地打击了国民党反动势力。在这次斗争中，由于何敬平日夜操劳，勇于斗争，表现突出，被吸收为中国共产党党员。

1946年上半年，中共重庆电力公司党支部成立。支书周力行，经济委员刘德惠，组织委员何敬平，联络委员余造帮，秘书张治沅。支部先后受中共四川省委、重庆市委和川东特委领导。党支部根据白区工作方针，在公司成立了公开合法的"职工福利社"。以其组织团结，发动广大职工，配合当前形势，参加争取和平、反内战、反独裁和改善职工生活的斗争。在这些斗争中，都取得了很好的效果。

1947年初，重庆大中学校学生一万多人举行抗议美国暴行示威游行，他同公司的职工一道，支持学生的正义行动。

1948年春，在即将夺得全国胜利的大好形势下，叛徒任达哉供出重庆市委许建业的行踪。4月初，许建业在重庆市中区民国路被捕，囚于西南行辕二处。当晚，他想着在志诚公司宿舍床下还放着党的机密文件，如有丢失，其害无穷。为此，许做了看守兵陈远德的工作：托他送销毁其文件一封密信，交志诚公司地下党员刘德惠收；并许诺给陈 4000 元（法币），还为他介绍更好的工作。陈远德趁此佯装同情，转身将其信交给特务头子徐远举。据此，特务又逮捕了我地下党员刘德惠、何敬平等人，监禁在渣滓洞监狱。

在狱中，难友们借渣滓洞牢房外小院坝“放风”时机，相互传递各方面的情况。1948 年 4 月中旬，院坝墙上贴的伪《中央日报》一版在下角刊登“国军主动”撤出延安的消息。这一消息被难友发现，何敬平从中串联。当晚，各牢房的洗脸盆声、碗筷声和歌声交织在一起，此起彼伏，庆贺我军收复延安的伟大胜利！那张报纸被监狱当局发现后撕掉。

1948 年秋，何敬平与同志们一起分析形势，共享胜利前夕喜悦时，他深思熟虑，用了几天时间，在一片小纸上写下题为《为了免除下一代的苦难》一首诗。后经同房的周光复、胡春圃看了，更名为《把牢底坐穿》。

后来这首诗被谱了曲子在渣滓洞唱开了。它反映了革命先辈们为了下一代不再受剥削压迫，迎来自由和幸福，他们宁愿牺牲自己，把牢底坐穿的崇高革命情操。这件事后被敌特发觉。但由于难友们事先有了对策，终因查无实据，不了了之。

同年农历五月初五日，是我国民间传统的端午节。这天，被囚的同志们，借此节日，在牢外小坝上载歌载舞，抒发革命即将胜利的心声，同时嘲讽敌人的末日即将来临。在活动中，何敬平表演了嘲弄敌人的滑稽戏——“跳端公”，他一人又唱又跳，真像个“端公”，逗得大家捧腹大笑。之后，大家不再叫他老何，而叫他何端公。

1949 年 11 月 27 日，重庆解放前夕，国民党反动派进行惨无人道的大屠杀。特务们对渣滓洞每个牢房内先用冲锋枪向难友们扫射，然后浇上汽油放火焚烧。何敬平奋力越狱逃跑时，被敌人枪杀在牢房里。

（高雄辉：《何敬平烈士事迹》，中华英烈网）

何雪松

(1918—1949)

魂灵颂[1]

你又镣铐着回来了，
毒刑没有屈服你的忠贞；
许多同志，因你的忠贞而安全了，
革命工作，因你的忠贞会开展飞腾。
你，你是苏菲亚的精灵，[2]
你是丹娘的化身！[3]
啊！……
不！你就是你，
你是中华儿女优秀的典型，
你是受着考验的灵魂。
叛徒，见你而颤栗，
敌人，见你而震惊。
你今天的事迹，
将化成美的旋律，
成为千万人颂赞的歌声。

---

[1]这是被囚禁在渣滓洞的革命者献给江竹筠的一首诗，由何雪松执笔。
[2]苏菲亚：帝俄时代因反对沙皇被绞死的女英雄。
[3]丹娘：即卓娅，苏联卫国战争时期的女英雄。

姑娘啊！姑娘！
我们没有什么来安慰你，
但是，你在那里呻吟，
我们却同样的痛心，
请将息你的创伤吧！
我们得熬过这深沉的黑夜，
迎接那霞光焕发的朝暾
朝暾！！！

迎接胜利[1]

乌云遮不住太阳，
冰雪锁不住春天，
铁牢——
关住了战士的身子，
关不住要解放的心愿。
不怕你豺狼遍野，
荆棘满山，
怎比得，
真理的火流，
革命的烈焰。
看破晓的红光，
销铄了云层，
解放的歌声，
响亮在人间。
用什么来迎接我们的胜利？

[1]这首诗写于1949年新中国成立前夕。

用我们不屈的意志，

坚贞的信念！

烈士事迹

何雪松，1918年出生，又名永柏、柏林，笔名蜀英，四川高县人。民盟盟员，“小民革”成员，新中国成立后被追认为中共党员。

1932年，考入县城叙南中学。中学毕业后，考入川康绥靖主任公署陆军教导总队学习，毕业后被调到省办的全川中等以上学校寒假战时训练团受训。其间，他积极宣传坚持抗战、反对求和投降的主张，投身于反对国民党三青团特务学生的斗争中。

战训团结束后，与同学欧阳齐修一起到了武汉。1938年经阳翰笙介绍，被安排在国民政府军事委员会政治部第三厅下属的电影放映队工作，担任第二电影放映队队长。第三厅是抗日宣传机构，郭沫若任厅长，阳翰笙任主任秘书，欧阳齐修为电影放映总队队长。

武汉失守后，何雪松带领第二电影放映队到了桂林，与会集在当地的文艺团体一起，组织各种形式的抗日救亡活动。1940年，电影放映队被调到浙江金华。1941年，他只身回到桂林，在临桂县立中学找到一份教师工作。不久，他把妻子莫凌志以及未满周岁的女儿接到学校一起生活。1944年，日军大举进攻桂林，他们被迫离开学校，前往贵州遵义鸭溪中学。

1946年，何雪松接到欧阳齐修的电报和邮费，于是他们一家来到重庆，住在七星岗纯阳洞抗建堂对面两层楼房里。抗战结束后，四川军阀刘湘的部队被蒋介石整编，很多军官失业。为了安抚这些人，蒋介石打出了军官总队的招牌。出于生活所迫，曾在刘湘军官教导队受训过的何雪松便去登了记。经过审查，在海棠溪孙家坡第五军官总队任上校教官兼《五总》月刊总编辑。他在军官总队的生活比较安定，但他对高官厚禄不感兴趣，对金钱也很淡泊。

1947 年 7 月，何雪松从军官总队退役后，与萧中鼎（渣滓洞大屠杀脱险志士）、李子伯（渣滓洞大屠杀殉难者）计划发动武装起义，以配合人民解放军解放四川。然而，起义消息被泄露，在 10 月 9 日傍晚，外出数日的何雪松突然回家了，他接到地下党组织的通知，他负责的联络站因叛徒告密遭到破坏，组织上要他立即转移。他考虑到家中有一份机密文件，若落入特务手中，后果不堪设想，于是冒着生命危险回来销毁文件。就在他烧毁机密文件的时候被国民党特务逮捕。

被捕后，在 1949 年 11 月 27 日的渣滓洞大屠杀中，站在牢房风门口的何雪松在特务的机枪扫射中受伤，倒在牢门口。他看着身边的难友一个个倒在血泊中，看着敌人嚣张的枪口狂喷火舌，他强力支撑着负伤的身体，用尽全身力气猛地站立起来，双手死死地握着木栅栏门两侧，试图用身体给其他难友创造生还的机会。正是他奋不顾身、舍命堵枪口的英勇壮举，才使同室的难友萧中鼎等人得以脱险。

重庆解放后，中共重庆市委根据何雪松生前的表现，追认他为中国共产党正式党员。1950 年，重庆市人民政府批准他为革命烈士。

（摘录自何丹妮口述，王浩记录整理：《我亲眼看见父亲被捕》，《红岩春秋》2019 年第 1 期）

胡其芬

（1919—1949）

狱中给党组织的报告

10月28日歌乐山难友被公开枪决10人后，11月14日又秘密于白宫[1]附近电刑房内烧死50人，竹姐[2]亦在其中，我们无限沉痛。又闻所内传说即将结束，除17人决定释放外，其余还有第三第四……批或将处决，每个人都笼罩着死亡的阴影。兰先生[3]归来又带给我们一线生的希望。妹这就全靠你与朋友营救我们的努力了。第三批传命令已下，可能周内办理!!!

我们是第二看守所，与二十四兵工厂连界，现住有二百十余人，十之八九都是经过长期革命工作的锻炼，在敌人面前表现忠贞亮节的人。看守我们的人有三个团体：一个是直属长署[4]二处的管理官兵有十二三人，交警队五人，连上官兵百余人。他们最近见敌迫害我们，表示深厚同情与愤慨。对共军即将到来感［到］惶恐，都想逃亡，我们亦争取到个别分子，想掉头转向我们，但时机未成熟，力量太薄弱，监视重重，无法发挥力量，而且与我关系较深是连上士兵与交警，他们近日进行作战演习，行装已预备好，等待命令，即行出征。管理组官员亦有部分遣

---

[1]白宫：狱中难友称白公馆为白宫。

[2]竹姐：指江竹筠，即江姐。

[3]兰先生：指监狱看守黄茂才，帮助狱中志士与狱外联系。

[4]长署：即西南军政长官公署。

散，兰亦在遣散之列。希你找朋友定为他解决职业及经济问题，留他在渝呆［待］过这段时间，以便我们之间今后必要的联络。其他有关我们处境情况，他可详细告你。

其次提供我们的意见作营救我们的参考。公开争取切实保障政治［犯］安全，秘密谈判方式以保障张群及徐远举将来优厚待遇，作为交换条件，将来如数典［点］政治犯（确数兰可告知），阻止屠杀，徐于执行命令有大权，可以拖延处决，等待大军到来，此外希望派人到禁区来工作，我们侧边有一炭厂，是私人经营。同时我们尽量争取监视我们的友军，在局势紊乱内部时机成熟时，盼外面朋友亦设法布置强［抢］救我们。我们即积极进行了解周围情况，有充分了解时，再设法通知你。兰此次见你时，定将外面情况，对政治犯处理消息，组织上的准备，以及盼望我们在这里进行的事项，详细告知，不日他即离所，不能再带你的回信与我们了。

以后万一兰先生离开，我们必要与你接头又有妥当人时，我们代表人［用］周梦华名称。

第二批人是秘密处决，可慎重，不必要说即不说，以免引起朋友麻烦。但对组织上可作秘密谈判材料。

吉祥（以后我们沿用此名）

十一月二十一日

烈士事迹

1949年11月21日晨，负责与狱中联络的地下党员况淑华接到狱中一封署名“吉祥”的信。况淑华当即将信转交给了沙磁区学运工作组组长刘康。

这封信是渣滓洞监狱内部分党员写给组织的最后一封信。它提供了狱内敌特开始进行大屠杀的动态和难友们积极斗争的情况。“吉祥”是部分党员共同的化名，执笔人是重庆市妇委书记胡其芬。

胡其芬，又名胡永萱、胡启芬、胡南，湖南湘潭人，1938年加入中国共产党。此后10年时间内，她三进山城，先在中央大学柏溪分校、复旦大学读书，后在《新华日报》资料研究室任英文翻译。皖南事变后撤到延安，抗战胜利后随周恩来到重庆在中共代表团工作，后到南京局工作。

1946年下半年，胡其芬遵照党组织的安排，第三次回到重庆，任基督教女青年会总干事，广泛联系上层妇女和社会名流。后经刘国鋕介绍作四川省建设厅厅长何北衡的家庭教师，以此职业作掩护，党内担任重庆市妇委书记。同年4月，特务把她当作与刘国鋕有关的嫌疑犯逮捕。

在狱中，特务追问她与刘国鋕的关系，她佯称“这是青年男女的私事”，以此掩盖政治问题。特务又用叛徒刘国定指认她是共产党员，她声称“只是何公馆的家庭教师”，“是基督教徒，不是共产党员”。她虽被敌特严刑拷打，仍坚不吐实。1949年11月27日，英勇就义于渣滓洞监狱。

几十年后，一位解放军干部给歌乐山革命纪念馆寄去一封信，说他于重庆解放之初去集中营参观凭吊时，在渣滓洞一间牢房地上拾起一张纸条，上面写着“第二批”“第三批”……几行字。他判断是烈士牺牲前写的，故珍藏起来作为纪念。但这是文物不应私人保存，特此寄还。经鉴定，这正是胡其芬的笔迹。看来是在狱中报告送出去之后，在大屠杀进行中十分紧急的情况下书写的。这才是胡其芬烈士的绝笔。

（中共重庆市委党史研究室编：《血泪的嘱托》，重庆出版社1996年版）

文泽

（1919—1949）

告别

黑夜是一张丑恶的脸孔，
惨白的电灯光笑的像死一样冷酷。
突然，一只粗笨的魔手，
把他从噩梦中提出。

瞪着两只大眼，定一定神，
他向前凝望：
一张卑鄙得意的笑脸，
遮断了思路。

立刻，他明白了，
是轮次了，兄弟，不要颤抖，
大踏步跨出号门——
他的嘴裂开，轻蔑地笑笑：
“呵，多么拙笨的蠢事，
在革命者的面前，
死亡的威胁是多么无力……”
记着，这笔血债，

兄弟们一定要清算：记着，血仇。
呵，兄弟，我们走吧，
狗们的死就在明朝！

血永远写着每个殉难者的“罪状”——
第 1、他逃出了军阀、土豪、剥削者的黑土；
第 2、他逃脱了旧社会屠场的骗诈、饥饿；
第 3、他恨煞了尘世的麻痹、冷漠、诬害；
第 4、他打碎了强盗、太监、家奴、恶狗加给祖国的枷锁；
第 5、他走上了真理的道路，向一切被迫害、被愚弄的良心摇动了反抗的大旗……
呵，兄弟，你走着吧！勇敢地走着吧！
呵，兄弟，记住我们战斗的信条：
假如是必要，你就迎上仇敌的刺刀。
但是真理必定来到，这块污土就要燃烧。

刽子手轻轻拍拍他的肩膀，
他，突然发出了一声冷笑。
一转身，他去了。
呵，兄弟，
不用告别，每一颗心都已知道！
呵，快天亮了，这些强盗狗种都已颤栗、恐慌，
他们要泄忿、报复，灭掉行凶的见证，
他们要抓本钱，然后逃掉。
但是你听着：狗们不能被饶恕，
血仇要用血来报！

1949 年 11 月大屠杀之夜于白公馆

烈士简介

文泽，原名陈安磐，四川合川（今重庆市合川区）人。1938 年参加新四军，在政治部从事新闻工作。1939 年加入中国共产党。1941 年 1 月，皖南事变时被捕，先后囚于江西上饶、贵州息烽、重庆白公馆监狱。在狱中始终没有暴露身份，带头粉碎敌人制定的“联保连坐法”，多次策划越狱。1949 年 11 月 27 日重庆解放前夕牺牲。

（中共四川省委党史研究室编：《四川革命烈士诗文选析》，四川人民出版社 2016 年版）

苟悦彬

（1919—1949）

在狱中写给党组织的信

我生活得很好，请转家人放心，入狱后受了七次刑，没有问出什么就算了。请转嘱弟妹们，多多努力，无止境的进步，不要因我而消极灰心。并好好教育六如，要他继承爸爸的意志！

烈士事迹

苟悦彬，1919 年出生于云南省绥江县，1947 年到重庆考入二十一兵工厂任技术员，同年 10 月秘密加入中国共产党，成为重庆地下党情报人员，负责发送《挺进报》。1948 年 4 月 15 日，因叛徒出卖被捕，被关押在渣滓洞监狱。1949 年 11 月 27 日，被国民党特务屠杀在重庆歌乐山坳，牺牲时年仅 30 岁。

《挺进报》是重庆地下党印制的油印小报，主要登载新华通讯社社论，解放战争各战场发展、战况，中共中央重要文章摘要及对时局的评论等。《挺进报》的传播和影响，使国民党特务惊恐万分，如临大敌。1948 年春，由于叛徒出卖，《挺进报》遭到破坏。按地下党组织通知，苟悦彬首先将二十一兵工厂内已经暴露身份的地下党员紧急疏散转移，但他自己却没来及转移而遭遇逮捕，被关押在渣滓洞监狱。

抓到苟悦彬后，国民党特务惊喜若狂，妄图一举从苟悦彬身上打开缺口，掌握重庆地下党和二十一兵工厂地下党的情况。酷刑的摧残使苟悦彬更加坚强，高官厚禄的引诱只属于意志薄弱者。苟悦彬被囚于囚楼七室，代号 105。

看守的特务对政治犯十分凶残，新四军战士龙光章被他们拷打摧残至死，狱中地下党随即组织绝食斗争，抗议国民党虐待政治犯、草菅人命的暴行，并推选周世楷、蓝国农、苟悦彬三人为代表，向特务所长李磊提出停止绝食的四个条件，绝食三天取得了胜利，迫使国民党特务接受给龙光章开追悼会，改善狱中生活待遇，成立“伙食管理委员会”和“消费合作社”，允许给家属通信的条件。

苟悦彬连任了两届伙食委员，在“合法”身份掩护下，他加强了对 18 间狱室的了解和联系。面对生死抉择，他坦荡从容，视死如归，与敌人进行不屈不挠的斗争。敌人失望了、疯狂了，就在曙光即将到来的时候，刽子手将苟悦彬和其他 300 余名革命志士枪杀后，丧心病狂地泼上汽油，焚尸灭迹。

苟悦彬为了人民的解放事业献出了年轻的生命。重庆解放后，重庆市人民政府追认他为革命烈士。

（翟昭明：《重庆地下党情报人员——苟悦彬烈士》，云南省邵通机关党建网）

古承铄

（1920—1949）

薪水是个大活宝

薪水是个大活宝，
想和物价来赛跑，
物价一天涨一天，
薪水半年赶不到。
赶不到呀赶不到，
公教人员啷开交？
这个日子天知道，
怎么能够过得了？
年老的爹妈要活命，
小小的孩儿要温饱；
自己忽然得了病，
那时有谁来照料？
过不了呵吃不消，
竟有人还在旁边哈哈哈哈笑！
可恨可恨又可恼，
这样的日子要改造，要改造！

1946 年 6 月于北碚

这样不是那样

这样不是那样，
事实不是想象，
黑夜不是白天，
月亮不是太阳。

苦闷不是悲哀，
欢喜不是奸笑；
黑夜处处有强盗，
谨慎不是胆小。

黎明之前黑暗，
黑暗之中混乱，
世上总有阳光，
黑夜毕竟很短。

1947年4月于重庆

无题

假如山崩地裂，
假如天要垮下，
假如一动就会死，
假如有血才有花……
只要能打开牢笼，
让自由吹满天下；
我将勇敢上前，

毫不惧怕！

1947年6月“六一”大逮捕有感

追求

有人追求黄金，
我追求良心；
有人追求女人，
我追求爱情——[1]
种下瓜儿便生瓜，
种下民主开遍自由花；
种出爱情爱天下，
天下人民也爱他。

1947年于重庆

宣誓

在战斗的年代，
我宣誓——
不怕风暴，
不怕骤雨的袭击！

一阵火，一阵雷，
一阵狂风，一阵呼号
炙热着我的心；
脑际胀满了温暖与激情。

---

[1]爱情：这里指热爱祖国、热爱劳动人民的感情。

我宣誓——
爱那些穷苦的、
流浪的、无家可归的、
衣单被薄的人民；
恨那些贪馋的、
骄横的、压榨人民的、
杀戮真理的强盗。

我宣誓——
我是真理的信徒，
我是正义的战士，
我要永远永远
为人类的自由幸福而战！

1948 年作于渣滓洞楼下一号牢房

烈士事迹

古承铄于 1920 年 10 月 17 日出生于南川县（今重庆市南川区）城一个城市贫民家庭。他从小就养成了刻苦学习和助人为乐的优良品德。因家境贫寒，初小未毕业便到小学当杂役，通过旁听成才。1938 年到当地驻军中做文书工作。1940 年随刘昌龄到南川协和中学，除刻写蜡版外，还代初中一年级一个班的音乐课。1942 年夏，古承铄考入国立重庆师范学校音乐科。他学习非常努力，有时夜深人静同学们都已入梦乡，他独自一人还坐在教室里写作《贝多芬论》。他的作文深得老师好评，十篇作文就有七八篇成为全班传观的范文。1944 年暑假，南川旅碚（北碚）学会在南川开展多种形式的抗日宣传活动。其中一项活动是在南川万寿宫演出音乐舞会，以南川在北碚国立重庆师范学校音乐科读书的同学为主体，邀请了非南川籍的重师同学参加。具体由古承铄组织领导，他还亲自担任合唱指挥。演出内容有合唱《保卫黄河》《大家唱》《数蛤蟆》，黄莲生独唱《松花江上》《嘉陵江上》《故乡》等革命歌曲。还演出了抗日歌剧《王大嫂送郎出征》，由黄莲生、阎保罗担任演员，情节十分动人。三场演出场场客满，给南川父老兄弟留下了深刻印象。1947 年，古承铄加入中国共产党，后担任《挺进报》的刻写工作。因《挺进报》遭破坏，1948 年 5 月古承铄被捕。1949 年 11 月 27 日，被国民党反动派杀害于重庆松林坡一个大坑里，牺牲时年仅 29 岁。

古承铄不仅是革命者，而且是诗人、音乐家。他曾用陈钓、曾索、嘉南、何乐、村松、永恒等笔名，谱写了《薪水是个大活宝》《綦江河》等许多革命歌曲，用文艺的武器揭露国民党反动腐朽的统治，唤起民众的觉醒。他写的歌曲，新中国成立前在进步青年中广泛流传，对解放战争时期蒋管区的革命运动起了一定的宣传鼓舞作用。

新中国成立后，古承铄的遗作被选入《革命烈士诗抄》和《囚歌》两个集子。这两个集子的“编者按”中指出：“这位共产党员、诗人、音乐家是一位初露才华的青年。他善于用通俗的比喻，对国民党反动派进行辛辣的讽刺和深刻的批判。”人们称赞他是人民的歌手。

（重庆市南川区党史与地方志办公室　熊吉兵）

朱世君

（1921—1949）

在狱中写给哥哥的信

哥哥：

请你放心。我已经作好思想准备。他们要我交出同伙，特别是化文，以及我所有的活动。我什么也没有说。真金不怕火烧，巾帼不畏严刑。我什么也没说。不管他们使用什么手段，永远也莫想在我身上有所得！我多么盼望你来看我！但又不愿你来，因为他们像疯狗一样到处咬人。最后，希望你要继续我们未完成的革命事业。

烈士事迹

朱世君，1920年11月27日出生在四川开县（今重庆市开州区）一个私塾教师的家里。父亲是个懂旧文学的知识分子，信守“孔孟之道”“礼义诗书”。加上身处偏僻山乡，封建陋习特别严重，兄妹5人的婚姻全由父母包办。朱世君还在读初中时，就被父母许给临江镇一个地主的儿子，她对这门亲事很不愿意，于是下决心努力学习，争取升学机会，摆脱这桩倒霉的婚姻。朱世君经过两年的勤学苦读，跳级报考了全公费的四川省立万县师范学校，在学校读书时开阔了眼界，重新理解了人生，认识了社会。她孜孜不倦地学习，不断地吸收新的思想，认识了进步青年陈化文，他们志趣相投，两心相印，相互产生了爱慕之情。朱世君毅然解除了初中时父母给自己许的婚约，勇敢地同封建思想抗争。

1945 年 2 月，她从万县师范学校毕业后，担任开县太平乡中心学校校长，1946 年在开县简易师范学校教书时加入进步团体“民主联合会”，在党的领导下，积极参加“反饥饿，反内战，反迫害”的民主运动。1947 年秋天，朱世君回到铁桥乡任教。年底，陈化文来到铁桥中心小学看望她，谈到川东地下党领导的游击队，急需经费购买枪支弹药的情况，朱世君毫不犹豫，将积蓄了几年准备结婚用的全部薪金黄谷 8 石交给陈化文，嘱他转交党组织。她这一行动，受到了开县党组织的称赞和表扬。

1948 年上半年，重庆地下党遭破坏和川东武装起义失败，开县的反动势力又嚣张起来。白色恐怖笼罩着开县城乡，压得人们喘不过气来。为了不拖累陈化文，她没有同他一起转移，而是到婶娘家躲避了一些日子，她看到形势有所缓和，又怕耽误了学生的学习，便回到了学校。

1948 年 4 月 14 日，朱世君在开县铁桥中心小学被捕，旋即被押送至重庆警备司令部看守所。不久转囚渣滓洞监狱，1949 年 11 月 27 日在大屠杀中牺牲。

（改编自中共万县地委党史工作委员会编：《碧血丹心 下川东英烈》，四川人民出版社 1990 年版）

刘国鋕

（1921—1949）

就义诗

同志们，听吧！
像春雷爆炸的，
是人民解放军的炮声！
人民解放了，
人民胜利了！
我们——
没有沾（玷）污党的荣誉！
我们死而无愧！
……

重庆解放前夕赴刑场之际朗诵于白公馆

写给五姐国蕙的信

五姐：

接到以治来信，知道借给您的几本书已经读完。接到以清来信，知道您准备考农校，这是多值得兴奋的消息！

您过去漫长的岁月，都消磨在家里，而这个“家”却是旧社会垂死的身躯上底一个烂疮，它具有旧社会几千年遗留下来的溃烂性的毒质，又加以外面侵来的霉菌，它已经完全是一块脓血和腐肉，生活在脓血和腐肉里的人，自然不会健康的（无论是精神和肉体）。

我们的哥子，因为受不住那里面恶臭的薰蒸，才孤立无援地冲向社会，结果被军阀利用作为祭祀的三牲，因为那里面没有足够成长的养份，所以五哥还未成长就被迫四处觅食，因为还未成熟受到了多少打击?！再看一看我们几个孤儿，有几个有健康的身心？那一个真正知道幸福的滋味？我们都被人“恭维”为“少年老成”或者“厉言”或者“嘴厉”，其实是因为没有幸福的童年，孩子时就失掉了孩子的天真，高山的树木所以坚硬，因为饱受风霜的欺凌！

有一些人被脓血腐化了，本身就变成了毒质。我们看一看那几个肥胖的身躯（细菌所以肥，就是细胞所以瘦！）那里边哪里含得有人性，没有丝毫人的感情！

生活在这样的脓血里，不变成抗毒体，就应当同化成细菌，不然只有被毒死。逃避是逃避不了的，尤其是女人。

因为旧社会的身躯上，每一个“家”差不多都是疮，不过有的已经溃脓，有的还在发炎，有的是杨梅，有的是疔疮。旧社会的整个身躯都要死亡，寻不出有希望的肉［家］，有希望的肉［家］，只存在在健康的身躯里。

我们要得到完全的幸福，只有让新的产生，让旧的死亡。要新的产生就应当增加新的、健康的、具有抗毒性的细胞。要旧的死亡，也只有增加抗毒体。我们要自救，我们又不愿变细菌，就只有把自己变成抗毒体。自救也就是救人！

要变成抗毒体，先得把自身遗传得来的传染来的毒质除去。把自私、虚荣、狭隘、胆小、无恒心、无毅力……等短处除去。把原有的人性（同情、正义感、勇敢、努力……等）发挥，同时增强抗毒的能力。

虽然人人都受到毒害，可是好多人不知道那是毒质。好多人不清楚地知道毒质的真面貌，以致没有足够的勇气和毅力把它从自己身体里排除，更不敢变成抗毒体。没有对旧事物憎恨的热情，也就没有对新事物爱的热情，也就没有顽强的奋斗的勇气。

您有勇气，只要能努力充实自己的能力——作为抗毒体的能力，前途是无限光明的。联大[1]已毕业的女生很多，但是我知道的，没有一人幸福，因为都走着女人的旧路，都自觉地或不自觉地向毒质屈膝。过去的生活使您知道毒质的祸害，使您知道抗争！这才是最有价值的，最难得到的东西。您的希望就在循着正确的途径努力！

并且您还留心时事（我前面写掉了）这能不令人兴奋?！希望您能继续努力，以求贯彻！

另外，您应当读一些好书和其它新的文艺作品和报纸。为什么应该读报纸，我想无需说。所以要读文艺作品，因为有好些作用：

①里边包含得有很多活的、有用的知识。因为里面有哲理，社会科学的原理，社会现象与本质的分析，新社会的暗示和描写，人生的道理，努力的途径等，而且都是用文字“画”出来的，很容易接受（当然是指好的文艺）。

②帮助了解纯理论的东西，例如读完《子夜》就知道何以中国民族工业，在帝国主义未驱逐前，不能够建立。

③帮助发现自己的错误，并找到克服的途径。例如读完了《阿Q正传》就会觉得自己有好些阿Q性，应当把它枪毙。

④帮助养成读书的习惯。

……

我今年更忙，不过只要您有什么问题要问我，我总可以抽出时间来答复。不要紧的问题，如像“您近来吃几碗饭”之类的可以不问。

即时敬祝

努力！

弟 国銡上

一九三九年鲁迅逝世纪念日

---

[1]联大：指西南联大。

烈士事迹

1948年4月10日清晨，重庆城还弥漫着春日的晨雾，一辆吉普车疾驰到四川省建设厅厅长何北衡公馆门前，一个军统特务匆匆闯了进去。

“刘国鋕!”他一眼看到一个刚走出房间的青年，笑里藏刀地说：“请你到二处走一趟。”

青年看到门口还站着另一个特务，便说要上楼去拿几件衣服，特务让他去了。不一会儿，何北衡太太满面怒容地走下楼来，厉声对特务说：“你们是哪一部分的？敢到我家来抓人？我家犯了什么法呀?”她不容分说，把两个特务臭骂了一顿。而在此时，刘国鋕已经从楼后逃走了。

人没有抓到，但这件事却惊动了不少要人。当天，何北衡就从成都打电话到重庆行营，同重庆警备司令肖毅肃大吵了一架，重庆行营主任朱绍良又打电话报告蒋介石和行政院院长张群，检举何北衡包庇放纵共产党。

何北衡当时是张群手下的红人，其女婿刘国錤就是刘国鋕的五哥，是四川川盐银行驻香港的经理，掌握着四川财阀刘航琛的对外贸易。

刘国鋕，其家为四川省泸州之首富，极盛时期有土地4000多亩和几十间街房，先后经营过轮船公司、川瓷公司、盐号、发电厂、钱庄、绸缎庄等。刘国鋕从小好学，酷爱历史和哲学，读高中时开始接触马克思主义，逐渐认识到旧制度的不合理，决心为改造社会、解放劳苦大众而献身。1940年在四川叙永西南联大分校读书时加入中国共产党。以后同中共中央南方局青年组建立了联系。

刘国鋕在1944年从西南联大毕业后，谢绝了家人为他物色的待遇优厚的职位，两次放弃参加留学美国的考试，而响应中共中央南方局关于爱国青年到农村去的号召，去到不毛之地云南省陆良县开辟“据点”。抗战胜利后回到重庆，先后在南方局和重庆市委领导下开展青年工作和统战工作。曾任中共重庆市沙磁区学运特支书记。1948年4月，因叛徒出卖，他暴露了身份。从何北衡公馆逃脱后，不久再次被上级领导、市委副书记冉益智出卖，终于落入敌手。

军统特务对这个出身于大地主、大资产阶级家庭的青年铁心跟着共产党干革命感到大惑不解，始终存有使他“转变”的一线希望。特务曾借刘国鋕的五哥刘国錤专程从香港回重庆探监营救之机，安排他们兄弟相会，进行劝降，提出只要签字脱离共产党，就可以随其兄到香港并去美国留学。但刘国鋕却不为所动。在特务再次威逼他签字时，刘国鋕斩钉截铁地回答：“我死了，有共产党，我等于没有死！我活着，牺牲了共产党，还有什么用？还有什么意义？”

1949年11月27日，刘国鋕被杀害于白公馆监狱。临刑前他毫不畏惧地对特务喊道：“你们有今天，我们有明天！”

（中共重庆市委党史研究室编：《血泪的嘱托》，重庆出版社1996年版）

荣世政

（1922—1949）

日记三则

1939年7月7日　星期五　晴

……民国二十六年七月七日，日本发动芦［卢］沟桥事件以来，迄今已两载矣……全国人民长期被人视为睡狮，现在是因之站起来了……

敌机袭渝，我达城亦发出警报，全城同胞纷纷逃出，直至次晨始归城中……我们固然无限悲愤，然而我们更用不着悲哀，更用不着眼泪……我们要想免除这残酷之轰炸，只有抗战胜利之日，那我们的生命才有保障。我们只有奋斗，集中力量，统一意志，以我们四万万五千万双手，四万万五千万颗心，把敌人赶出山海关，赶出鸭绿江……

1939年7月12日　星期三

时事至此，尚有闲若无事之人，每日寻欢作乐，置国事于脑后，诚可痛心。然而余也，决不受其同化，也决不怕死偷生，决以自己同同志之努力，挽此危亡，以洗涤社会污点，另劈世界，另建社会秩序，务使社会上之蠹虫，寄生虫一扫而尽，假之志也不遂，亦以“鞠躬尽瘁，死而后已”继之，然而决不偷生、决不怕死。故此志已决，非任何人所阻也。

1941年9月4日

啊，残酷的世界，吃人的世界，我诅咒你，我要以我所有的力量来毁灭你……我揭发了恶魔的丑态，我看见了社会黑暗的一角，我要同它奋斗，我要和它战争，我要以我的巨掌，压死黑暗，我要以我眼中的愤怒之火射出来烧掉世界上一切的罪恶！罪恶，你走进地狱去吧！“人”间不是让你存在的。

书信摘录

（一）[1]

二十世纪是一个伟大的世纪，旧的死亡，新的生长。黑暗走到了尽头，光明已渐渐开始。

生长在这个世纪的青年，都鼓舞着热情，正不愁没有发挥的地方。不是么？抗战建国各个部门中，需要多少热情的青年参加工作，需要多少热情的青年去推动历史的车轮，打开建设光耀的新世界的门槛。你热情的青年呵！时代赋给你的使命，是多么重大！要求你献身的不仅仅是你的祖国，还有全世界被奴役急待拯救的人类。努力工作吧！神圣的工作，正需要青年们热情贯注，扶持推进。

……

你要我指出你的缺点，贡献给你一些意见，的确你的缺点多着呵，正如所有的青年一样，那样多，那样多。我知道的数不完，更不知有多少不曾被我发现。对不住，我实在无法在这里一一举出，不过，我知道一切的缺点，只有在工作中暴露出来，也只有在工作中逐渐弥补，逐渐淘汰。参加神圣的工作吧，在工作中，你将被锻炼成最坚强、最勇敢的战士，你将尽可能发扬你所有的长处，你将丧失你现在所有的数不清的缺点……

---

[1]此系1943年1月给朋友的书信。

（二）[1]

……现在资本主义社会将渐渐没落而趋于消灭，将来代之而兴的，不管其为何种形态，一定是新的进步的社会，未来社会的特质，在科学方面，一定在免除浪费与限制，如战争的消耗，如为少数人获得利润而产生，盲目生产，以及为私利而阻止科学的发明，皆应彻底清除……在政治方面，自由平等的原则，要实行得更彻底，应用得更宽广，不应该是掠夺的自由，而应该是生活权利的自由，民主政治的思想要更增加些社会的色彩。在经济方面，要完全建立在社会主义上，全世界打通，在经济上没有国家这样的世界并不难实现……人类中间假若仍然存在着贵贱贫富的差别，则战争决不能在地球上消灭……无论将来在世界上还有几次世界大战，而人类社会必趋向大同世界也无疑，看见未来光明幸福乐园，大人一定很欣慰吧！

烈士简介

荣世政，四川达县（今四川达州市达川区）人。1936 年至 1943 年先后在达县、重庆、成都等地中学读书。1943 年考入西南联大，参加中国共产党领导的外围组织“民主青年联盟”。1945 年回达县女中任教，并加入中国共产党。1947 年转到开县中学任教，担任开县县委组织委员。1948 年春与杨虞裳等组织领导川东著名的“三二九”反饥饿、反迫害运动。1948 年 6 月 17 日，由于叛徒出卖在开县被捕，囚禁在重庆渣滓洞监狱。1949 年 11 月 27 日，在大屠杀中牺牲。

（中共四川省委党史研究室编：《四川革命烈士诗文选析》，四川人民出版社 2016 年版）

---

[1]这是 1946 年 6 月给父母的信。

张学云

(1922—1949)

给妻子余显容的信

力生[1]亲爱的：

前后一共收到您四封信，它们给与我太多的安慰，和无尽的快感的回味，尤其是昨天到的这第四号（挂号的）信，更使我连［联］想着我们过去的一切蜜蜜的生活，我的舌头也嗫紧了，我的浑身的脉搏都颤动起来了！它暗示的一切，只有我才能够体会到，也只有我和您才能够借之作我们心弦的共鸣器。

我觉得“理想”是人生最有价值、最富于吸引力的东西，“理想”是我们生活的原动力，什么东西能使我们作苦斗的挣扎？什么东西能使我们极富于韧性的拼命？什么东西能使我们快乐地、毫不灰心地生活在不能算是人的生活的深渊中？我说就是“理想”！亲爱的，您以为是不是？

您说过去许多年都被您浪费了，到今天您才认真地学习，认真地奋斗，这是很真实的自白，我很高兴呀，由此足证您已踏上光明的途程，祝贺吧，我们遥远地互相祝贺吧！

我俩同在一起生活的这些年岁，今天追忆起来还是有许多暗影与创痕，而且每一点都曾用过我俩的泪水洗过的。那种不可避免的龃龉，就是发生于我俩各人生活之舟的没有舵叶，……现在不同了，不仅现在应

[1]力生：妻子余显容。

该说自从近年来吧，您的生活之舟有了舵了，而且大家行驶的方向也一致了。您用尽平生极大的气力，满面香汁淋漓地划着生活之舟从后面赶来，远远地听着您在嘻嘻哈哈的唱扬您的快乐的生命，有理想有意义的生活，我拼［迸］发所有力气耐着心肠不断地往前奔，我用先行的激励的招呼来打气您，快呀，快呀，不达目的不罢休呀，可是哟，心爱的，您似乎是希望我停留片刻，等到您赶上来后，我俩好在一只船上同来前往吗？您是否已经觉得劳累了，或孤独了，需要同在一只船上，让我出力气划着带您走吗？呵不，这不对的，这就表示您还有些懒惰和依赖！同时，亲爱的，您记住，我们同是在排山倒海的大浪中啦，假如我一松劲，我会退行千里的，俗语说不日进则日退，逆水行舟，我俩应该各自努力才对，反正目标既同，方向不错，只要各自尽力划去，一定就能在一点相会，在胜利的那一点相会哟。……

快乐呀，奋斗呀，我俩在胜利的地方相会吧！果然是胜利地相会了，我紧紧地抱住您，您贴贴地偎住我，我们呼唤千声万声的亲爱，我们急切不停地接吻，我将尽我所有尽我所能地慰劳您，同时也尽我所想的得到安慰！像［相］片永远地在我身边，请放心，这是我离开您第一封长信，也是您所渴望的东西吧！最后要叮嘱您，不要在思念中损毁健康，没有健康就没有力量渡到目的地。

即祝

您的健康和愉快

竹行　七·卅一上

亲爱的容媚[1]：

我读了您的信，就像火灼样地从内心燃烧到体外来，您真是我的灵魂呀，我们的爱从这次的离别更放出它的异样的光彩了，我们的爱是伟大的有意义的有理想的，不是仅肉体的欲念，也不是仅才子佳人们卖弄

[1]容媚：妻子余显容。

风流的陶醉，更不是“卿爱我，我怜卿”似的有闲人含有病态的怜念。我们真正是：如电一般地感人，如火一般地热烈，如钢铁一般地坚强，如泰山一般地崇高，我觉得我俩都是生命的星光，我失了您即是失却光明，即是失却人类幸福的象征，因为您是多么地爱好人类的幸福，爱好光明的世界，没有自私的贪迷，没有把您的所有的思考放在您自己的身上。亲爱的，您越发坚［艰］苦，我越发觉得您才是真美，我把您想象成一个挥汗淋淋地、昂头阔步地、舌疲唇焦地自由幸福之神，无疑的，我们之间已没有庸俗的夫妻观念了，我们有的是志同道合的两个青年有志气的男女的无可喻价的爱！……

我们的生活可以一句话来形容，就是“如履薄冰”，希望您常常体会这句话好作警惕吧，往下走是一天天艰巨，一天天困难了，心爱的呵，不经患难，那［哪］知素日之可贵？千万一句话：“读书工作”……

即颂

安

竹行　九・五

烈士事迹

1949年11月27日，重庆歌乐山军统集中营大屠杀持续到深夜。

在渣滓洞第七号牢房，敌特靠近牢门，把美制机枪伸进风洞口旋转扫射。就在那生死之间，一个高大的身躯从牢房的死角奋力跃起，冲近牢门。他双手抓住打得发红的枪筒使劲往里拖，意图夺枪还击；一面向难友呼喊“我是军人，我掩护你们！快逃！”夺枪不成，他立即抓紧牢门，用他宽厚的胸膛去堵住喷吐火舌的枪眼……

他就是张学云烈士。1935年，红军长征路过他的家乡四川越嶲（今四川省越西县），曾两次住在他家里，他自幼就立下了长大要当红军的志向。1947年10月在川军成都军管区任职时，他加入中国共产党。1948

年受川西党组织派遣，打入罗广文部做策反工作，担任过连长和地下党支部宣传委员，在川康特委领导下，启发教育士兵，准备起义，策应解放军入川。1949 年 1 月，川西军运情况为叛徒供出，张学云在泸县宿营地不幸被捕，后被解送重庆，关押在渣滓洞监狱。

生前，他曾情深意切地勉励妻子要不断进步。他在 1948 年带领连部向重庆进发途中，还给妻子寄去了数封家书。现在读来，字字句句仍扣人心弦。

（中共重庆市委党史研究室编：《血泪的嘱托》，重庆出版社 1996 年版）

张朗生

(1924—1949)

斗争[1]

人生征程，
许多磨砺艰辛，
革命志士，
怀义无反顾的自信！
带着最后的微笑，
为着自由和民主的梦境！
冲破黎明前的黑暗，
勇献正义之身。
血洒沃野，
誓将历史创造一新。
为人类永远的光明，
团结奋战，
到明天，
这，
就是最后的斗争！

[1]1948年底，张朗生被抓进渣滓洞监狱后，在狱中与难友们组织铁窗诗社，此诗是1949年春节联欢会上成立“铁窗诗社”时，张朗生即兴朗诵的作品。

书信摘录[1]

你生在"贵族式"的家庭……我希望你（急切地希望你）不要学你大姐那样的"小姐派"，"安分守己""慎言慎行"地啃书本……而应该学你二姐的热情、开朗……在这科学的新世界，战斗的现实社会里，不应当再当"林黛玉"那样的柔弱女子，只能吟花弄月悲情泣诉，而应当学战斗刚强的"秋瑾"和前进解放的"丁玲"才对……我想你会理解到我不是"公子哥式"的对你"追求"或"恋爱"，而我对你是单纯的友谊和爱（它是真实的内心自发的爱）……人生的路是艰苦漫长的，要有深远的认识和坚恒的努力奋斗，才会有光明的前途和安全的幸福！

烈士简介

张朗生，四川开江人。1943 年在三台县国立第十八中学读书时，由于思想进步，传阅进步刊物，1945 年被学校开除。不久进入成都《工商导报》工作，后受聘到《新民报》重庆社工作。《新民报》坚持正义，不畏强暴，主张和平民主，反对内战，揭露美蒋在重庆的罪行。国民党先后逮捕共产党员胡作霖、陈丹墀、胡启芬和张朗生、刁侠平 5 人，关进重庆渣滓洞监狱。1949 年 11 月 27 日在渣滓洞监狱大屠杀中壮烈牺牲。

（中共四川省委党史研究室编：《四川革命烈士诗文选析》，四川人民出版社 2016 年版）

---

[1]这是张朗生在狱中为鼓励女友郭强摒弃封建、面对新社会而写的信。

余祖胜

（1927—1949）

我的家

上眼皮和下眼皮在交战，
昏昏倒在床上；
竹笆床吱吱在叫，
一床破被好香甜。

风，从屋缝里钻了进来，
春寒冷透了我的心。
不知何时下起雨来，
明天，又得光着脚板走路。

妈妈对着潮湿的柴火发愁，
小妹妹在灶前把眼揉；
好容易借来半升米，
时过九点未下肚。

阴沟里臭水在翻泡泡，
从耗子洞涌进屋来了；
破脸盆浮在水上打转，

我的家，就是一座水牢啊！

1947年2月2日放工后

明天

我伏在窗前，
让黑夜快点过去。
希望的梦呵——
总是做不完的。
黑夜里总有星光，
白天怎能叫太阳躲藏？
明天，是个幸福的日子，
明天是我的希望！

1947年春

火焰献词

火焰！火焰！
燃烧着热情的火焰！
你辉煌万丈的光芒，
照遍了大地阴暗的角落。

你强烈的火焰燃烧着魔鬼，
温暖着我们每个战斗的心。
为着真理……
……

我们要唤醒沉醉的人们。

你美丽鲜明的火焰，
使多少人倾羡着你！
只有顽固的自私者，
想用惭愧不人道来毁灭你！
多少青年狂恋着你，
呵！你的爱赐给大众，
是那么的普通，
像天宇的太阳一样。

在黑暗里你指示正确的路，
他们举起了坚实的手臂，
向你致敬；
呵！投进你的怀抱！

烈士事迹

余祖胜，1927 年 12 月 19 日出生于湖北省汉阳县（今武汉市蔡甸区）。父亲余桂喜早年离开老家在汉阳兵工厂做工，曾参加过“二七”大罢工。余祖胜出生时，正值大革命失败，工人更陷入水深火热之中。1935 年，长江中上游闹水灾，汉阳兵工厂停工，工人没有工资，余祖胜两个弟弟在饥病中夭折，父亲只好带着他回到故乡湖口。

1936 年，进入私立道生小学读书。一年后全面抗战爆发，学校被国民党军队作了伤兵医院，他只好进“贫民夜校”学习。这所夜校是由进步知识分子周老师夫妇办的，每天晚上，作为课堂的酒曲作坊总是挤满了穷孩子。周老师教大家识字，讲抗日救国道理，教唱《大刀歌》，传授折纸工艺。余祖胜与周老师结下了深厚的师生情谊。不久，因宣传抗日思想，周老师被警察抓走。余祖胜为周老师愤愤不平，十分痛恨警察。

他邀了几个工人子弟，每天晚上偷偷地用石头掷警察，并唱起自己编的儿歌："黑良心，真可恶，抓走先生，不准上学；同学们，要记清，半夜起来打黑良心！"警察被打得鼻青脸肿，却又无可奈何。

1938年下半年，战火烧到了武汉三镇，国民党政府和一些重要工厂先后搬到重庆。余祖胜一家也随厂并入了在重庆的第二十一兵工厂，余祖胜进了厂子弟学校三年级。一年后，余祖胜12岁，他见身体虚弱的父亲和14岁的哥哥在厂里做工，都劳累不堪，仍难以维持家中生活，便主动要求辍学，进厂当了童工。

1940年，日军多次对重庆进行狂轰滥炸。余祖胜的七弟在一次轰炸中失去了双眼，父亲也因积劳成疾于1941年含恨去世，才1岁的八弟被迫送给了别人。

童工的生活凄苦异常，每天做工12个小时以上，还时常受打骂凌辱，许多童工死于肺痨。在这种环境下，余祖胜坚持不懈地锻炼身体，不倦地学习文化。

通过几年的夜校补习和自修，他不仅能看懂书报，还能看出它的真伪好歹来。他最爱看中共在重庆的报纸《新华日报》，省下饭钱自己订了一份，如饥似渴地阅读。在《新华日报》的哺育下，他的思想有了觉悟，时常发表对黑暗现实的不满言论，引起了厂方的注意。主管员借一次技术故障罚了余祖胜25个工，并指使工头故意刁难他。脾气倔强的余祖胜忍无可忍挥起扳手同工头对打起来。不久，主管员就借故将他开除了。这是1944年的事，当时余祖胜才17岁，已是具有四年多工龄的老童工了。

同年秋，由一位姓沈的老师介绍，余祖胜考入了第二十一兵工厂附设第十一技工学校半工半读。在校期间，他结识了不少进步师生，并常常到小龙坎、沙坪坝一带接近进步人士，学到了许多新知识，懂得了一些革命道理。抗战刚胜利，国民党反动派就积极为内战做准备。余祖胜公开在学校揭露国民党反动派假和平、真内战的阴谋，并和师生一道抵抗学校的法西斯教育制度，反对体罚学生，反对克扣学生伙食费。余祖胜的好友叶伟才同学因对校方不满，愤然离校而去。教务主任说："叶伟才是一个好青年，可惜误入歧途。"余祖胜便针锋相对地写了一篇题为《好同学叶伟才》的文章。校方又以小叶离校时曾得到余祖胜的帮助，要求余祖胜赔偿校服，后来则趁他患病住院，以"久旷潜逃"为名将他开除。听到消息，余祖胜气愤地赶到学校，拿出准备好的小册子请师生留言纪念。一位姓周的同学写道："祝你离开这个樊笼，展翅高飞吧!"

从 1946 年下半年至 1947 年 7 月，余祖胜失学待在家里。这对一个血气方刚的青年来说，是十分苦恼的。他曾彷徨、忧郁过，他回忆，他愤恨。在母亲和兄嫂的安慰及照料下，他坚强地生活着，更发愤地自学，更广泛地接触社会。他结交了附近许多工人、船工和农民，并以自己的经历和所见所闻写下了大量的诗歌。

1947 年 8 月，党组织委派余祖胜再度入厂当工人，以利于工作的开展。经托人帮忙，他才在修械所找到一份钳工工作，但要有几个月的试用期。他不计较试用期待遇低，看上去比以前卖劲得多。实际上他在努力与工人建立感情，发动工人开展斗争，反对为内战生产武器。他和炮弹所工人高震明（中共地下党员）一道发起共青团的外围组织"青年读书会"，经常带来《挺进报》让大家传阅，启发工人的斗争积极性。1948 年元旦，余祖胜正式加入中国共产党。

正当他准备组织工人偷运物资支援解放战争时，却发生了《挺进报》被破坏事件。1948 年 4 月 1 日，任达哉被捕，出卖了中共重庆地下党领导人许建业，并于 4 月 4 日约定老许在嘉阳茶店碰头，带领特务将老许逮捕。敌人在老许宿舍里搜出了一些党员的入党申请书，余祖胜因此于 4 月 7 日在修械所被捕。在这之前的头一天，余祖胜已觉察情况危急，将有关革命书籍进行转移。并通知一位姓谢的同志烧毁文件，注意安全。这一天，他吃过早饭仍照常上工。母亲怕他受寒，要他多穿些衣服，他搭了件毛背心离开家，就这样与母亲、兄弟永别了。余祖胜被捕后，囚于集中营渣滓洞监狱楼二室。

在狱中，余祖胜坚贞不屈，积极参加牢笼中的特殊战斗。他受过老虎凳、鸭子浮水等酷刑，但始终不讲一字，还乐观地安慰其他难友。他爱憎分明：特务派进奸细来作耳目，他便唱起顺口溜进行奚落；难友生病，受刑致伤，他则殷切照料。

余祖胜有一双灵巧的手，被难友们誉为狱中工艺专家。他用楼板上的钉磨成小刀，收集一些废牙刷柄，雕刻出色彩斑斓的五角星、短剑和红心，送给难友们迎接胜利、迎接光明。听到人民解放军横渡长江的喜讯，他兴奋地在刻成的红心背面刻上“V”字，表达欢呼胜利之情。在他手中，就连小竹板也会变成精致的纪念品。他将一块竹板刻成心形，染上彤红的药水，由战友汪进仪用铁丝扭成的小链子连在小十字架上，伪装成宗教纪念品。小江利用放风机会将这个工艺品赠给另一牢室的唐弘仁作为新年礼物，他说：“小余希望你自己刻上有意义的字。”唐弘仁便在红心和十字架上分别刻上了“共产党万岁”“人人为我，我为人人”的英文字样，一直珍藏在身边并带出了监狱。至今，这件蕴含着战友情谊和革命者必胜信念的历史文物仍陈列在重庆歌乐山烈士陵园展厅里。

战斗着便是欢乐，身居“两个天窗出气，一扇风门伸头”的牢室，也能“乐在其中”。1949 年春节的一天下午，大部分难友都在院坝里举行联欢会，迎接即将到来的胜利；狱中的诗人和诗歌爱好者则集中在楼一室举行诗会，正式成立“铁窗诗社”。余祖胜是诗友之一。他和另一战友轮流在牢门外放哨，保证诗会的顺利进行。望着起舞的难友，他憧憬着到胜利的时候做一个讴歌幸福的诗人……

1949 年 11 月 27 日深夜，人民解放军的炮声正在震撼着黑暗的山城，穷途末路的国民党反动派做垂死挣扎，惨无人道的特务对被囚的革命者进行了疯狂的屠杀，敌人在白公馆大屠杀之后，把渣滓洞的“囚犯”全部集中到楼下牢室，用机枪对着牢房扫射，然后又纵火焚烧……许多革命者仍在烈火中浴血奋战，以惊人的力量冲破牢门、穿过弹雨、推倒高墙、越过电网。最后，整个渣滓洞监狱仅 15 人脱险，余祖胜和 200 多难友一起壮烈牺牲。

1950 年 1 月 15 日，重庆市各界群众在青年馆大礼堂隆重举行追悼杨虎城将军暨被难烈士大会。会场陈列着杨虎城、罗世文、车耀先、陈然、江竹筠、余祖胜等33位最优秀的共产党员和进步人士画像。刘伯承、邓小平及各界代表先后沉痛地来到烈士灵前祭奠，余祖胜的哥哥代表烈士家属向大会致辞，表示要发扬工人阶级的优良传统，投身伟大的新中国的建设事业。

以后《革命烈士诗抄》《囚歌》等书籍相继选入了余祖胜的诗歌。

太阳倾泻在石头上，
温暖着我的身躯，
啊？这也触犯了吸血鬼的法律！
“哼！不讲羞耻！”眼珠翻滚，怒目瞪瞪。
在这人和兽混居的城堡里——
道德、法律、武力、金钱……全是吃人的野兽！
春天，是强盗们的，穷人永远生活在冬天里。
愤怒地站在石头上，我要回答——
总有一天，我们将站在这个城堡上，
高声宣布：太阳是我们的！

这首题为《晒太阳》的诗铿锵有力、锋芒毕露，是对黑暗旧世界的诅咒，对光明新世界的憧憬。它的作者就是小说《红岩》中余新江形象的生活原型——余祖胜。这首写于1949年3月9日的诗歌，是余祖胜19岁时的作品。

（湖口县民政局：《余祖胜烈士事迹》，中华英烈网）

黎又霖

（1895—1949）

狱中诗

（一）

斜风细雨又黄昏，危楼枯坐待天明。

溪声日夜咽墙壁，似为何人数不平。

（二）

祸国殃民势莫当，三分天下二分亡。[1]

狱中自古多豪俊，留待他年话仇肠。

（三）

卖国殃民恨独夫，一椎不中未全输。[2]

锒铛频向窗前望，几日红军到古渝?![3]

（四）

革命何须问死生，将身许国倍光荣。

今朝我辈成仁去，顷刻黄泉又结盟。

---

[1]指全国大部分地区已经解放，国民党反动派的统治快要灭亡。《论语·泰伯》："三分天下有其二。"

[2]独夫：暴君，指蒋介石。一椎：秦始皇出巡时，路过博浪沙（在今河南新乡），张良请大力士用铁锤击秦始皇，没有击中。这里指黎又霖同志的地下工作虽然遭到破坏，但整个革命事业并未失败。

[3]古渝：重庆是古代的渝州，今简称渝。

烈士事迹

黎又霖，贵州黔西人。幼年入私塾，1911年在贵阳南明学校读书。

1919年在北平法学院就读时，积极投身于五四运动，在主办《民声报》时，曾追随国民党元老黄季陆，经黄介绍加入国民党。

1922年投笔从戎，在黔军袁祖铭部任秘书，因袁对与孙中山合作犹豫观望，遂脱离袁部随李晓炎部参加北伐战争，此后又在国民革命军二师师长杨其昌部任参谋。蒋叛变革命后，黎离开军界到上海同济大学任教授。

1933年11月，国民党第十九路军李济深、蒋光鼐、蔡廷锴公开宣布抗日反蒋，他闻讯即奔赴福建参加革命政府工作。革命政府失败后，辗转在滇军、黔军中寻找出路，曾任黔军驻汉口办事处处长和国民党军政部江西战时干部训练团上校政治教官。

1941年3月，积极参加由沈钧儒、邹韬奋、黄炎培领导的“中国民主政团同盟”。1944年底至1945年上半年，为“三民主义同志联合会”的发展做了许多工作，又加入“民盟”，积极宣传团结抗日主张。

不久，黎又霖返回重庆，以“聚康银行”业务专员、“民联”以及后来成立的“民革”地下工作委员会成员、“民革”四川省负责人等身份，从事策动驻地国民党中央军起义等军运工作和营救难友工作，因此遭到国民党特务的盯梢和监视。

1949年8月不幸被捕，被送到国民党西南军政长官公署第二处关押。敌人威胁利诱，企图要他供出“民革”在西南的组织和活动情况，他不为所动，受尽酷刑，仍坚贞不屈，后被押至重庆歌乐山监禁。1949年11月27日（重庆解放前3天），与许多革命志士一起，在特务的血腥大屠杀中光荣牺牲。

（《毕节历史名人——黎又霖》，《毕节日报》2015年12月7日）

蔡梦慰

（1922—1949）

黑牢诗篇[1]

战斗胜利了

牢门，曾经为你打开，
只消一提脚
便可跨过这条铁的门槛。
管钥匙的人说：
——你想干点什么呢？
搞事业吗，还是玩政治？
我给你高官，
我给你公司、银行、书店、报馆……
——否则呀，哼！
一声冷笑掩蔽了话里的刀；
像修行者抵御了魔鬼的试验，
你呀，拒绝了利与禄的诱惑，
只把脖子一扬，

[1]蔡梦慰在狱中用竹签子蘸着棉花灰烬调作的墨汁坚持写作。1949年11月27日深夜，蔡梦慰由渣滓洞被押赴松林坡刑场途中，将其未完成的长诗原稿——《黑牢诗篇》抛到荒草丛中，重庆解放后被发现，让这一珍贵诗篇得以保存下来。

便将这杯苦汁一气饮下！
连眉头也不皱一皱呀，
从金子堆边走过而不停一停脚，
在红顶花翎的面前而不瞟它一眼。
爱人的眼睛，
母亲的笑脸……
多少年青的心灵呵，
都被感情的手撕裂得粉碎；
你呀，光荣的胜利者，
在一点头，一摇首之间，
曾经历了怎样剧烈的战斗！

凭仗着什么？
在一瞬间的若干次斗争中，
你终于战胜了双重的敌人。
像战场上的勇士：
一手持着信仰的盾牌，
一手挥砍着意志的宝剑。
从此，牢门上了死锁，
铜钥匙的光亮，
不曾在你眼前晃过。
——为了免除下一代的苦难，
我们要，要把这牢底坐穿！
二百多颗心跳着一个旋律，
二百多个人只希望着那么一天——
等待着自己的弟兄，
用枪托来把牢门砸开！

意志在闪光

讲着人的语言，
穿戴着人的衣冠，
完全同人类一个模样儿，
却长着蛇与狼的肺脏。
让天真的生物学者去疑惑——
世界上会有这种动物！
这里的二百多个人，
每一个都是活证，
每一个的身上永留着它的爪痕。
热铁烙在胸脯上，
竹签子钉进每一根指尖，
用凉水来灌鼻孔，
用电流通过全身……
人的意志呀，
在地狱的毒火里熬炼——
像金子一般的亮！
像金子一般的坚！

可以使皮肉烧焦，
可以使筋骨折断；
铁的棍子，
木的杠子，
撬不开紧咬着的嘴唇，
——那是千百个战士的安全线呵！
用刺刀来切剖胸腹吧，
挖得出的——

也只有又热又红的心肝！
“老虎凳”“鸭儿浮水”……
“水胡［葫］芦”，“飞机下蛋”……
多么别致而又丰富的字眼呀，
在它们的辞典上，
是对付反抗者的工具，
是赏心乐意的游戏；
而在人类的斗争史上，
却用鲜红的字迹注写着：
炼成钢的熔炉，
琢成玉的磨床。
你，断了腿的，
你，折了臂的……
让自己的躯体残废，
为了花朵开放得完美，
为了果实结垒［累］得丰盛。
是收获的季节了，
当着你的朋友、
爱人、
同志……
每一处伤痕呀，
都夸示着它所表现的光荣，
它所包含的意义。

铁窗里的等待

像笼里的鹰
梳理着他的羽翼，
准备迎接那飞翔的日子；
长期的幽禁呵，
岂能使反抗者的意志麻痹。
在铁窗里面，
无时不在磨砺着斗争的武器——
用黄泥搓成的粉笔，
在地板上写出了讲义，
你，是学生，也是教师，
卡尔、恩格斯、伊里奇、约瑟夫
就像坐在身边，
同大家亲密的讲叙；
毛泽东的话呀，
又一遍在心里重新记忆，
再一遍在心里仔细温习。

寒冷的俄罗斯，
是怎样开遍了香花；
古老的中华，
怎样燃起了解放的火炬。
同敌人斗争的故事，
同自己斗争的故事，
一幕一幕重现在眼底，
像无数的火星
闪耀在这样黑的夜空里。

转动齿轮的，
挥舞锄锹的，
摇弄笔杆和舌头的；
趁着新建的花园完工之前，
你，向自己的弟兄，
赤裸出深藏的灵魂和躯体，
看哪里还有暗迹，
看哪里还有污点，
进入那圣洁芬芳的田园地呀，
谁，好意思带着一身垢腻！
莫说包过脚，
老了便不能解放；
五十几岁的老大哥，
天天在学读书，写字；
还在梦里流尿的孩子，
也会用稚气的口语，
讲说革命的大道理，
描述新社会的美丽。
……

祭[1]

安息吧，烈士，
请接受这最高的敬礼！
我们不能到坟头来举行奠仪，
甚至于还不知道

[1]这首诗是为悼念许建业、李大荣二烈士牺牲一周年写的。诗中的许建业、李大荣二位烈士于1948年7月21日壮烈牺牲。

你们是否还有一块墓地？
在敌人的监禁中，
我们只有用沉默来包藏着哀痛；
而把你们的碑石呀，
深深地建立在我们的心里。

一年了呵，
你们的尸骨该已化黄土！
而你们英勇的身影，
却活活地显现在革命的火光中，
像一面大旗，
感召着后继者不息地战斗，
感召着我们二百多个人，
在敌人的面前永远不屈。

安息吧，烈士，
请接受这最高的敬礼！
用什么文词呀，
刻在你们的碑石上，
才能显示你们的忠贞？
把金子扔在粪坑里！
把红顶花翎用脚踢开！[1]
你们站在利禄的诱惑前，
像一座巍峨的山，
连敌人的头也低低地垂了下来。

[1]红顶花翎：清朝大官头戴红顶花翎冠，表示官阶等级。比喻敌人诱以高官厚禄。

烙铁烧焦了胸脯和背，
竹签子钻进每一根指头……
你们熬受着毒刑，
保障了千百个同志的安全。
像铁锤击落在炽热的钢上，
迸射出意志的火星！
敌人愈残酷呀，
愈显出你们的坚毅。

安息吧，烈士，
请接受这最高的敬礼！
当其你们的面前只有两条独路，
你们毫无踌躇，
从容地走上刑场，
像去赴一个神圣的约会。
在断头台上，
你们先宣判了敌人的命运，
用震撼地球的声音向全世界播告：
——中国革命胜利！
——中国人民能够胜利！

一年了呵，
胜利的花朵，
在战士们的血泊中蓬勃开放！
你们被害的去年今日，
大半个中国还在罪恶的统治下；
今年今日呀，
人民的军队已经渡过大江，

扫荡着敌人的败兵残将；
不会等到明年的今天，
解放的红旗呀，
将飘扬在中国的每一寸土地，
飘扬在你们的墓头，
飘扬在这黑牢的门口！
无数代享受幸福的人民，
将从不朽的烈士碑上，
读出那代表光荣与庄严的名字：
——中国共产党员许建业，
——中国共产党员李大荣。

1949 年 7 月 21 日

烈士事迹

蔡梦慰，又名蔡懋慰、蔡德明、蔡琨，四川遂宁饼街人。高中毕业后在四川大学短期旁听，之后在成都、遂宁、潼南等地任职。

1945 年春，蔡梦慰到成都接受了民主革命思想，经吴汉家介绍，加入了中国民主同盟。

1945 年 4 月后，历任《工商导报》、川康通讯社外勤记者和成都现代书报社副经理。积极宣传中国共产党的各项政治主张，并和川大的“昭明”“旭光”等进步团体建立了密切的联系。

1947 年 3 月，成都现代书报社被监视。5 月，蔡梦慰被派往重庆，任现代书店的经理，“六一”大逮捕后，许多革命者都曾先后来书店隐蔽。是年冬，书店被查封。

1947 年 10 月，民盟被迫转入地下，蔡梦慰与一些盟员商量，分头积极找中共党组织。在不断的革命活动中，蔡梦慰陆续与一些共产党员发生了联系，并结识了中共重庆市委工运负责人许建业。

1948年初，党组织决定派人到农村搞武装起义，蔡梦慰除与民革杜重石准备组织人员到广安等地农村开展武装斗争外，还通过中共党员周戈西、江竹筠等参加秘密散发《挺进报》的工作。

1948年5月10日，因掩护同志被捕，囚于渣滓洞监狱。积极参加狱中斗争，联络革命诗人，组织"铁窗诗社"，用竹签做笔，用棉花烧灰制成墨汁，写下了《黑牢诗篇》《献给母亲》《祭》《悼屈原》等著名诗篇，与敌人作顽强斗争。尤其是组诗《黑牢诗篇》，洋洋洒洒共五章，抒发了诗人对敌人的仇恨和对光明的向往，表现了革命者虽身陷囹圄，但仍坚信革命事业必定成功的坚定信念，极大地鼓舞了狱中难友的斗志。

1949年11月27日深夜，蔡梦慰还没来得及写完《黑牢诗篇》第五章，就被敌人用刑车载往松林坡秘密杀害。当刑车行至松林坡附近，蔡梦慰悄悄将诗稿抛入路旁的荒草丛中，使这不朽的诗篇得以保存下来。新中国成立后被辑入《革命烈士诗抄》，激励着千百万热血青年和有识人士。

（赵磊爽：《英烈名录——蔡梦慰》，中国军网）

潘仲轩

（1911—1949）

无题

（一）

昨夜吹来西北风，
惊醒酣梦坐牢中。
豺狼当道民遭劫，
斗魔战兽誓不躬。

（二）

为民为国学英雄，
视死如归追天祥。
今日无法报母恩，
死后作鬼孝爹娘。

烈士简介

潘仲轩，名萱、字宣家，四川武胜人。早年在当地国民党基层政权工作。1947 年秋，中共上川东第七工委在当地发动群众，为武装起义作准备时，他报名参加农会，带领当地群众开展抗丁、抗粮、抗税斗争。1948 年 8 月 25 日起义爆发，他四处联络人员，组织农会骨干送枪送弹。9 月 15 日被捕入狱后，在酷刑下英勇不屈，后囚禁于重庆渣滓洞监狱。1949 年 11 月 27 日被敌杀害。

（中共四川省委党史研究室编：《四川革命烈士诗文选析》，四川人民出版社 2016 年版）

军统歌乐山集中营烈士群体

狱中八条[1]

一、防止领导成员腐化；

二、加强党内教育和实际斗争的锻炼；

三、不要理想主义，对上级也不要迷信；

四、注意路线问题，不要从右跳到“左”；

五、切勿轻视敌人；

六、重视党员特别是领导干部的经济、恋爱和生活作风问题；

七、严格进行整党整风；

八、惩办叛徒、特务。

《狱中八条》解读

“狱中意见”，是指牺牲在重庆渣滓洞、白公馆两座监狱的共产党员

---

[1]《狱中八条》概括自罗广斌在重庆解放后向党组织提交的《关于重庆组织破坏经过和狱中情形的报告》第七部分“狱中意见”。1989年，中共重庆市委党史研究室原副主任、研究员胡康民，根据川东地下党老同志萧泽宽等人提供的线索，在重庆档案馆找到这份报告。随后他采访了罗广斌生前许多战友，阅读了大量档案，全面研究和发掘这份报告后面隐藏的鲜为人知的历史。胡康民将报告中的“狱中意见”归纳成了《狱中八条》，并在当年《红岩春秋》杂志“渣滓洞、白公馆烈士殉难40周年纪念特刊”中首次公开披露，随后又将其放到重庆歌乐山革命纪念馆举办的《为了共和国的诞生》《红岩魂》等展览中，使其影响迅速漫延。2018年十三届全国人大一次会议期间，习近平总书记在参加重庆代表团评议时，将《狱中八条》一一读出。指出这是血与泪的嘱托，是用生命换来的教训。

们，通过脱险同志向党所提出的意见和建议。在生命的最后时刻，他们总结历史经验，仰望黎明的曙光，寄希望于未来，寄希望于党：切实加强党的自身建设，防止历史悲剧的重演。

那么，“狱中意见”是怎样产生的，当时是针对些什么问题提出来的呢？

一、烈士们牺牲前叮咛可能活着出去的同志，把他们最后的嘱托报告给党

共产党员罗广斌因叛徒出卖，1948 年 9 月在成都家中被捕，押解到重庆，随后戴着脚镣关进渣滓洞监狱楼上七室。楼七室是隔离室，专关态度“顽固”不守监规的犯人，管理更加严格，平时不准放风。楼七室里有一位罗广斌认识的囚犯张国维。张国维，湖北汉川人，四川大学经济系毕业，1939 年入党，被捕前任重庆沙磁区学运特支委员，直接领导过罗广斌的工作，互相很熟悉。乘特务看守不注意，两人悄悄交谈。张国维十分冷静地分析罗广斌的情况。罗广斌出身于一个有特殊背景的权贵之家。哥哥罗广文是国民党高级将领，时任第七编练司令官，手握重兵，驻扎四川，是当时四川境内最大的武装集团首领，并与西南地区军统特务头子徐远举有交情。基于此，张国维估计，罗广斌最有可能活着出去。他叮嘱罗广斌要注意搜集情况，征求意见，总结经验，有朝一日向党报告。从此罗广斌肩负着这项特殊的任务，做了一个有心人。他在积极参加狱中斗争的同时，留心观察，设法和同志们交换意见，积累资料。同志们对他也推心置腹，充分信任，提供情况和意见。有时候还能三三两两地进行小型讨论。1949 年元月 17 日，是江姐丈夫彭咏梧在武装起义前线牺牲周年纪念日，渣滓洞监狱各囚室的难友纷纷采用各种形式慰问女囚室里的江姐。江姐的回报是起草了一份讨论大纲：“一、被捕前的总结；二、被捕后的案情应付；三、狱中的学习。”各囚室先后分别进行了讨论。这对提高狱中同志的斗争意志和思想认识起了很大的作用。

1949年2月，罗广斌被转押到白公馆，关在楼下平二室。在这里，他与同室难友刘国鋕（罗广斌的入党介绍人，被捕前任沙磁区学运特支书记）、王朴（被捕前任重庆北区工委委员）、陈然（被捕前任《挺进报》特支委员）等进一步结成生死患难之交，进行过多次深入的讨论。白公馆监狱实际存在一个没有名称的党的秘密领导小组，成员有许晓轩、谭沈明、周从化、刘国鋕。主要领导人许晓轩、谭沈明已坐牢十年，从贵州息烽监狱到渣滓洞到白公馆，多次与罗世文、车耀先关在一起。他们在狱中坚贞不屈，刻苦学习，有较高的思想理论水平。罗广斌从他们身上汲取了丰富的精神营养。

从10月底到“一一二七”大屠杀之夜，在公开和秘密的大屠杀中，两座监狱的绝大部分同志均已壮烈牺牲。就在11月27日子夜，当渣滓洞的屠杀火焰还在燃烧之际，在白公馆的罗广斌带领尚未被杀的十多位难友，乘敌人疏于看守之机，冒死突围，冲出牢笼，蛰伏乡间，三天之后迎来重庆解放。罗广斌终于活着出来，得以向党报告烈士们的最后嘱托。

二、罗广斌奋笔疾书，在重庆解放后第25天，把一份报告送交中共重庆市委

1949年11月30日，重庆解放。12月1日，成立“脱险同志联络处”，接待从各个监狱脱险的和其他遭受迫害的同志。罗广斌前往报到，并参加筹备杨虎城将军和“一一二七”殉难烈士追悼会的工作。他既享受迎来解放的欢乐又深深沉浸于对死难同志的悲悼之中。

为了执行难友们的嘱托，他每天晚间趴在地铺上奋笔疾书，追记整理同志们在狱中的讨论和总结。以后条件改善，才有了办公桌可供写作。到12月25日，大屠杀后的第28天，重庆解放后的第25天，罗广斌的这份名为《重庆党组织破坏经过和狱中情形的报告》（以下简称《报告》）写成，上报给中共重庆市委。

这份报告如今只剩残件 15 页，有 2 万多字。按原报告所分小标题，为七个部分，现在只存第一、二、三、七等四个部分和第四部分的大部，第五、六两部则已完全迷失。估计全件当在 3 万字以上。但仅就现在可以读到的部分，已比较充分地反映了当时地下斗争、监狱斗争的艰难历程、大破坏带来的惨痛教训和烈士们的崇高精神风貌。

《报告》七个部分的小标题和主要内容是：

（一）“案情发展”。讲的是由《挺进报》改变发行方式引发的川东党组织被大破坏的经过。《挺进报》是中共重庆市委的机关报（油印小报），1947 年 7 月创刊。开始主要在党内和进步群众中发行。1948 年初春以后，作为“政策攻心”的手段，重点发向敌党政军警宪特和有关社会单位，引起敌人警觉。敌人派“红旗”特务接近进步人士和进步社团，侦察到《挺进报》的发行线索和地下党领导人的行踪，抓住了川东临委委员、重庆市委书记刘国定和市委副书记冉益智，两人相继叛变。加之有的同志丧失警惕，工作失误，造成川东党组织的一次大破坏，并且影响川康，波及宁沪杭，造成 135 人（另有宁沪杭地区 8 人）被捕，其中县以上干部 40 人。除 8 人叛变，少数人经营救和突围脱险外，绝大多数同志壮烈牺牲，损失十分惨重。大破坏被捕者大都陆续关进渣滓洞、白公馆。他们是当事人，所提供的第一手资料比较准确。

（二）“叛徒群像”。着重揭露原地下市委书记刘国定、副书记冉益智、原川东临委副书记涂孝文、原川康特委书记蒲华辅、原重庆城中心区委书记李文祥等几个领导干部的叛变罪行，剖析他们平时言行中反映出人生观上存在的问题和叛变时的心理状态，说明他们虽然职务较高，资格较老，有过功劳，但在关键时刻叛变不是偶然的。

（三）“狱中情形”。简略叙述了两座监狱的由来和狱中斗争的情况。对渣滓洞，重点汇报“狱中追悼会”（全体囚犯公祭在狱中被迫害致死的原新四军战士龙光章）、“新年大联欢”（即一般说的“春节大联欢”，《报告》中写的是新年大联欢）、“慰问江姐”等几场斗争。对白公馆，则重点汇报了“狱中学习”、编写“《挺进报》白宫版”、“争取特务看守”和

“准备暴动突围”等几场斗争。《报告》说：“到最后（指暴动计划未成，大屠杀开始），已经面临死亡的考验了。老谭（谭沈明）提出以前罗世文死的时候脸色都没有变。于是（领导小组）要求（共产党员）做到‘脸不变色心不跳’。结果，每一个人临死都是倔强的，没有求饶。国歌和口号声一直不停地在枪声弹雨下响着。牢狱锻炼得每个同志——党员和非党员成为坚强的战士。”

这几场惊心动魄的狱中斗争，充分显示了在监狱这个特殊环境里革命志士们集体的坚强意志和战斗精神，在监狱斗争史上放射出异样的光彩，占有突出的地位。通过《红岩》《烈火中永生》《红岩魂》等书籍、电影和展览的描绘，早已脍炙人口，深入人心。

（四）“脱险人物”。主要介绍两座监狱在大屠杀中突围脱险和在此之前经过各种渠道营救出狱的部分人士。《报告》以严格审视的眼光，有分析地介绍他们的情况和在监狱中的表现，对有的同志给予了高度赞扬。《报告》建议对脱险的党外人士根据情况分别给予安排。另外，也对几个被特务主动释放的特殊“犯人”做了介绍。其中突出的一个叫刘厚总。他就是杀害新四军政委、副军长项英和副参谋长周子昆的叛徒。在1941年初的皖南事变中，他作为新四军军部的副官，与其他少数指战员随项、周突围，转移至安徽泾县边境山区的一个名为蜜蜂洞的山洞中隐藏。3月13日夜，刘厚总开枪打死项英、周子昆，打伤警卫员黄诚，搜刮走他们身上所有财物、武器，骗过住在另一洞中的指战员，跑下山去投降国民党，邀功请赏。但是国民党各级党政军特机关完全不买他的账，不但抄去了他抢劫来的全部黄金、法币、手枪、怀表，而且把他关起来。他到处申诉到处碰壁，1943年被押解到重庆，先关渣滓洞，再进白公馆，当一名“工作修养人”，半囚禁半工作。1949年11月25日，他给政治犯们写了一封信，承认杀害项、周的罪行。同时谈了三点认识：（1）共产党是正确的，全国解放一定会实现；（2）第三次世界大战打不起来（当时国民党极力宣传第三次世界大战即将爆发，美国将打败苏联，并帮助国民党消灭中共），因为全世界民主力量高涨，足以抑制帝国主义；（3）中国前途是光明的，但自己的罪恶太大，共产党来了一定饶恕不了自己，很想自杀，但缺乏勇气，死不下去，等等。27日下午，他被宣布释放。后来听说，他出狱后走到山洞（地名，离白公馆不很远），被国民党败兵队伍抓住，说他是解放军便衣探子，戳了4刀，丢在路旁。恰逢白公馆监狱看守所长陆景清路过发现，把他拖上吉普车往西北方向“打游击”去了，不知所终，大约死于乱军之中。

“脱险人物”叙述到此，以下便迷失了。

（五）第五、第六两部分已完全迷失。从全件上下文对照起来看，有可能第五部分为“烈士典型”；第六部分为“特务屠手”。特别是第五部分，如果估计不差则丢失十分可惜。因为直到现在，对一些很优秀的同志在狱中的表现还知之甚少；有的只存姓名，事迹已湮没无闻。

（六）第七部分即“狱中意见”八条。共两页，约3000字，则完整地保存下来。这是很值得庆幸的事。

三、惨痛教训的科学总结，烈士心声的最后吐露。他们直面现实，着重从党的自身找问题

“狱中意见”是《报告》的核心部分，精华所在。面对敌人的屠刀，狱中的共产党员们争取活着，准备死去，满怀豪情，慷慨激昂；在总结历史经验时，沉着冷静，作深层次的理性思考，着重从党的自身工作找问题。他们把这双份的遗产都留给了后人。

“狱中意见”是对失败教训的总结，而不是对胜利的歌颂。当时川东党组织被大破坏，在此前后川东地区的奉（奉节）大（巫溪）巫（巫山）起义、梁（梁平）大（大竹）达（达县）起义、华蓥山起义相继失败，损失十分严重，教训十分深刻。八条意见就是针对这两件大事的教训来说的。失败的教训比成功的经验往往能使人得到更深刻的认识，受到更深刻的教育。狱中同志面对的是死亡，总结的是失败的教训，心情自然沉重。但是，在“意见”中没有丝毫的悲观与颓唐，而是充满着沉思与

希望。

这是一群真正的共产主义战士披沥赤忱倾诉的真知灼见，这是他们集体意志和智慧的结晶。在最后时刻，他们完全敞开胸怀，直言无忌，没有当时常有的思想束缚，也没有后来流行的空话套话，凭着对革命的忠贞、信念的坚定，开门见山，一针见血，这才真正显示出分量，才经得住历史的检验。

“狱中意见”是在激烈的斗争中，经过长时间的酝酿逐步形成的。监狱是座熔炉，泛起沉渣，炼出真金。此时此地，忠贞与背叛，坚定与动摇，希望与绝望交织碰撞。大多数最优秀的分子和极少数最无耻的败类都汇集在这里。平常看不出差异，现在则是泾渭分明。许多人升华为烈士，少数人堕落成叛徒。几个领导干部的叛变，遭到狱中共产党员们的极度鄙弃与坚决反击。几个叛徒只能用自己部下的血来染红自己的顶戴，却无法带动他们跟着叛变，引不起“多米诺骨牌”效应，这是最令叛徒尴尬，特务气恼的事。

狱中同志们在痛苦中煎熬，也有着种种思想矛盾和思想斗争。他们有对生命和亲人的眷恋，有对终身为之奋斗的事业的挂念，有对工作中失误的歉疚，甚至有的同志还有过犹豫和动摇。但是他们在与特务、叛徒的斗争中也战胜了自身的弱点，得到升华。市委委员许建业因麻痹大意，丧失警惕，先是把 20 多位新党员的入党志愿书及一批资料放在宿舍床下皮箱里，为叛徒出卖被捕后，又受一个看守兵陈远德之骗，托其带信给党员刘德惠，请他销毁这批材料。陈远德报告了特务上级，带来一系列恶性事件，造成严重损失。许建业本人在狱中多次受刑，坚贞不屈，闻知受骗后，悲愤至极，悔恨不已，以头撞墙自杀未死，以后被公开枪杀于大坪刑场。许建业高呼口号慷慨就义。他以革命气节赢得同志们的谅解与尊敬。许晓轩写诗悼念他：“噩耗传来入禁宫，悲伤切齿众心同。文山大节垂青史，叶挺孤忠有古风。十次苦刑犹骂贼，从容就义气如虹。临危慷慨高歌日，争睹英雄万巷空。”许建业的最后表现和这首诗在狱中广为传颂，对狱中后死者产生很大影响。李大荣是 1929 年入党的农村党员，参加梁（平）大（竹）达（县）起义，负责筹办兵工厂。起义失败，被捕入狱。他认为是当地领导人王敏的错误领导所致，“遭了他的吹工”。起初情绪懊丧，说可能活着出狱，只有去当和尚。但在狱中火热斗争里振作起来，与许建业一起英勇就义。邓兴丰，在梁平武装起义失败后撤到重庆，为刘国定出卖。入狱之初，比较软弱，只想出去。后来坐牢越久越是坚强起来，这和几个叛徒形成强烈反差。临刑前，特务点他的名，叫他“收拾行李”。他镇静地说：“我知道了！”换上最好的衣服，向难友们告一声别，从容走出牢门，走向刑场。

在烈火与热血中，烈士们得到永生；在烈火与热血中，“狱中意见”八条也得以产生。

四、少数领导干部腐化是造成这次大破坏的一个重要原因。元凶祸首刘国定由生活腐化走向政治腐化，从内部来破坏党

狱中同志的意见和建议集中起来，就是强烈要求加强党的自身建设；在党的自身建设中最重要的是领导班子的建设；在领导班子的建设中要特别注意防止领导成员腐化。这是狱中同志们痛切感受到的最根本、最重要的教训。

堡垒最容易从内部攻破。1948年，川东党组织被大破坏，主要是由于几个主要领导干部相继叛变，才造成一度难以遏制的破坏势头。叛徒人数很少，只占被捕人数的5%，但是影响极坏，破坏性极大。

这时候，人民解放战争胜利进展，国民党的统治危在旦夕，蒋管区的情况一团糟，谁也不再怀疑革命胜利已是指日可待。几个叛徒的叛变不是什么对革命前程丧失信心的问题，他们甚至不怀疑自己曾经从事过的革命事业的正义性。但是他们的理性认识只是表面的，内心深处追求的是个人私欲、生活享乐，是人生的荣华富贵，谈不上为理想、为人民事业的献身精神，当然经不住敌人的威胁利诱，用同志的血来换取自己的生存和眼前的荣华，这是所有叛徒的共性。此外，叛徒们又各有其个

性。《报告》着重揭露了这几个叛徒的内心世界和蜕变规律，久远地警示革命后来人。

大破坏的元凶祸首刘国定，成都人。1936年在巴县农业学校读书时，参加重庆学生爱国救亡运动，成为重庆秘密学联的主要领导人之一。1938年入党，先后担任巴县县委书记、巴县中心县委宣传部部长、重庆市委副书记、川东特别区临工委委员、重庆市委书记。此人工于心计，城府甚深，察言观色，能言善辩，在抗日救亡运动中锋头颇健，在建立和发展党的组织工作中也发挥过积极作用，受到同志们的好评和领导的器重。但是他在骨子里是个人至上主义者。到形势相对平静，他在社会上站住了脚，在党内取得了一定的地位，便开始私欲膨胀。据狱中同志揭发，他平时收入有限而追求享受。他想轧姘头养情妇做生意，向川东临委管经济的干部何忠发（后为烈士）借钱。何忠发说："组织上有钱不能借；私人没有钱可借。"刘国定对此怀恨在心，向川东临委书记王璞诬陷何有经济问题。王璞经过调查了解，才发现是刘的问题。后来何忠发就是因刘出卖而被捕的。他又硬咬定何手中存有黄金多少，逼何交出来。另一个被他出卖的川东临委联络员袁尊一（后为烈士）押在特务二处时碰见他，告诫他说："如果能出去，总有一天要见面的！"刘竟说："咳！我是叛完了的，顾不得了！"他在参加特务组织时，与特务头子徐远举讨价还价，说自己是"省委兼市委"，要少将，要做处长。特务头子徐远举只答应给了中校专员，支上校薪金。后来他进一步出卖中共中央上海局领导人钱瑛，并亲自带特务到上海抓人。钱瑛事先已撤到香港，其他身边工作人员也已闻警转移，但刘又出卖了他所知道的宁沪杭地区的共产党员8人。因此受到军统特务头子毛人凤的嘉奖和接见，并正式升为上校。在特务机关，刘国定也是趾高气扬，除了对徐远举毕恭毕敬以外，对其他特务分子全不放在眼里，自以为有"本钱"，还可以继续出卖原先的同志，出卖共产党，为特务立功。刘国定平时要两个老妈子（保姆）服侍，吃饭非鸡鸭不上桌。连特务也讨厌他，看不起他。他还写了一本叫《共产党的组织和策略》的书，作为特务的教材。就这么一个腐化分子，他的背叛是早迟的事，只看在什么条件下，以什么形式出现罢了。

“狱中意见”还提出领导机构（领导班子）存在的问题。狱中同志认为川东临委书记王璞（在武装起义中牺牲）的人品是好的。但是在发现刘国定的生活作风问题后，却把他没有办法，投鼠忌器，于是迁就。王璞住在农村，每与刘国定会面，意见稍有不合，便发生争吵，不欢而散，无法讨论问题。王璞要调刘国定到乡下工作，避开城市环境，刘嫌农村艰苦不愿去。王璞无可奈何，只好买一套《三国演义》，回乡看小说，生闷气。“狱中意见”尖锐地指出，这种软弱无能，听任自流也是领导机构的一种腐败。

“狱中意见”认为，造成这种现象的原因，除了几个叛徒个人品质上的问题以外，还由于在地下环境中，长期隐蔽，相对平静安全，缺乏激烈斗争的锻炼，少数人脱离党和党员的监督，容易滋长消极和腐化。

五、平时道貌岸然，大讲革命气节的冉益智的叛变，反倒给同志们增添了几分清醒：“不要理想主义。”

叛徒中冉益智是另一类典型。1948年4月16日，他在北碚被捕，经不住特务的突击刑讯，供出北碚学运特支书记胡有犹，随后又供出已被捕但还未为敌特查明身份的市委书记刘国定，但还有所保留，也被关进白公馆。在白公馆，冉益智的精神完全崩溃。过去受他教育，对他崇拜的下级反过来帮助他，劝他悬崖勒马，就此稳住，不能再往下滑，但是拖他不住。他白天有时唉声叹气，有时大讲“嫖经”“性学”；晚上夜不成寐，起来写“遗嘱”。这“遗嘱”只是最后一个姿态。他终于在讲了一通“理由”之后，主动要求出牢，参加特务组织，要中校未成，以少校成交。“遗嘱”作废，专门作那贩卖人血人头的营生去了。在特务组织里，他与刘国定不同，显得特别“温良恭俭让”，对谁都点头哈腰、笑脸相迎，颇得特务们的好感。他一切从个人利害考虑，一方面不动声色地出卖党组织和重要干部以邀功；一方面又留有后手，保留一些人，即使特务发现也不至怀疑他的“忠诚”，同时也准备将来为自己开脱留点余地。当时刘国定向特务供出中共川康特委书记姓郑，却不知道“老郑”的详情和地址。1949年元旦，冉益智在特务机关与老特务们闲谈，谈起“老郑”，他似乎漫不经心地说：这个老郑不就是蒲华辅吗？正好特务中的雷天元是蒲华辅的铜梁同乡、熟人，立即到成都逮捕了蒲华辅，造成川西地区党组织的大片破坏。冉曾负责过万县地区的工作，于是他亲自带领特务到万县抓川东临工委副书记涂孝文。这天恰逢端午节，涂孝文在河边看赛龙舟。冉益智从旁点水，涂孝文被捕，又造成下川东党组织的大片破坏。当他与万县县委副书记李青林（女，烈士）对质时，李青林痛斥冉卑鄙无耻，挟嫌陷害。他还面带羞惭，狼狈不堪，好像还知道一点儿廉耻。但他在出卖同志破坏党组织时却绝不手软。

往日，他道貌岸然，大讲革命理论革命气节，在为曾紫霞举行入党宣誓仪式时，刘国鋕领誓，冉益智监誓。冉益智在讲话中着重对他们进行革命气节教育。就是这个冉益智，只不过过了半个月，就把他领导下的这对未婚夫妇出卖了。冉益智被捕的前一天，在北碚与学运特支书记胡有犹（后为烈士）谈话，这时破坏已经开始，陆续有人被捕。他特别强调，如果出事，一定要坚持革命气节。第二天冉被捕后第一个出卖的就是胡有犹。所以胡有犹提起冉益智就满腔怒火，切齿痛恨。冉益智等几个领导干部的叛变确实给同志们心灵蒙上了一层浓厚的阴影，但却没有影响他们的基本信念，反倒是增添了几分清醒。

在地下时期，大都实行单线联系。直接领导人就是组织，就是党的代表，下面的同志对他们十分敬仰，抹上了一层理想的光辉。《报告》说：“加上（刘国定、冉益智等）上级领导人高高在上、不可捉摸，故意说大话，表示什么都知道，都有办法。”以致有的年轻同志对他们盲目崇拜，事事依赖，甚至有的同志举止言行都模仿他们的样子，到头来却被自己敬仰和崇拜的对象出卖了。这一堂反面课上得十分深刻。

在狱中，同志们联系自己的思想讨论如何看待组织存在的问题。江姐（江竹筠）早先就说过：“不要以为组织是万能的，我们的组织里还有许多缺点。”王朴检查自己的认识说，在被捕前一直迷信上级，依赖组织，没有想过自己就是组织的一部分，组织的力量要靠各个分子的共同努力才能发挥整体的战斗作用。他说：“以前我对组织一直是用理想主义的观点来看，今后一定要用现实主义的立场来看了。”

崇高的理想是力量的源泉，先烈们是为实现崇高理想而奋斗而献身的。丧失崇高理想、鼠目寸光，只考虑个人得失的人，不是真正的共产党人；背叛理想或者只把理想停在口头上，而实际上只捞个人利益的人，就是背叛革命。狱中同志所反对的“理想主义”是指把一切都理想化，以致产生迷信，丧失现实感，那就是一个糊涂人，甚至可能反过来影响对理想、对党对革命前途的信念。这是先烈们用血写下的教训。过去是这样，现在还是这样。

六、有些腐化分子的堕落往往是从生活“细节”开始的，李文祥就是因为“儿女情长”不能自拔而终于下水

狱中同志在总结经验教训时，得出一个共识：要“重视党员特别是领导干部的经济、恋爱和生活作风问题”。《报告》说：“从所有叛徒、烈士中加以比较，经济、恋爱问题、私生活问题，这三个个人问题处理得好坏，往往决定他们的工作态度，和对革命是否忠贞。”这一段话似乎说得绝对了一点，但却是当时实际情况的写真。个人私生活和革命大节之间往往并不隔有不可逾越的鸿沟。这里把众多烈士和少数叛徒加以比较，形成十分鲜明的对照。烈士们都有着丰富的感情世界，他们热爱生活，眷恋亲人，喜怒哀乐有血有肉。江姐的遗书、蓝蒂裕的《示儿》诗，以及许许多多烈士的遗书遗言，反映了他们共同的精神境界。“生命诚可贵，爱情价更高。若为自由故，二者皆可抛。”在他们身上得到真正的体现。而几个叛徒的一个共同特点，恰是在这几个问题上过不了关。李文祥是因为儿女情长不能自拔，引动劣根性大发作而终于下水。李文祥于1948年4月为刘国定出卖被捕，关在白公馆。开始还比较好，只是苦念

妻子。妻子熊咏辉关在渣滓洞女牢。特务利用李的弱点，经常把他提到渣滓洞审讯，而且让他与妻子见面，每见一次他就要痛哭一次。特务威胁他：“这是最后一面了。”他便彻底崩溃，在坐牢八个月之后，于12月叛变，出卖了他领导的16个同志（3人被捕牺牲），主动要求“参加工作”（当特务），并宣布了叛变的“三大理由”：“一、我被捕不该自己负责（是上级出卖），而且坚持了八个月，与我有关的朋友应该已经转移了，如果不走，不能怪我。二、苦了这么多年（他常说，早年就作过县委书记），眼看胜利了，自己却见不到。我死了对革命也没有帮助；参加工作（当特务）也不会影响胜利的到来。组织已经完了，我只能为自己打算。三、我太太身体太坏，会拖死在牢里，为她作想我只有‘工作’。”刘国鋕针对李文祥和冉益智说：“这种人连叛变也能讲出一大套道理!”不胜叹息。在白公馆，陈然一直做李的工作，鼓励他坚强镇定，劝他说：“你太太和你一方面是情爱，另一方面是同志爱。她知道你‘工作’了，还会不会爱你呢?”李满有把握地认定“我出去她一定也出去”。事情不出陈然所料，熊咏辉表现坚强，李文祥代她承认党员身份（她一直未承认），接她出狱，她不出去，表示要与叛徒丈夫一刀两断。渣滓洞狱中同志给她支持和鼓励。同时也劝她还是出去好，出去才能活动，才有办法。她接受了这个意见。根据她的一贯表现，出于对她的信任，女牢的曾紫霞把一处秘密联络点告诉了她，建议她在困难的时候去那里接头，可以把她转移到外地。她出狱后，没有与李文祥（已当了军统上尉）同流合污，鉴于自己的行动受到控制，怕牵连别人，她也没有去找这个联络点。新中国成立以后，李文祥归案伏法。熊咏辉远离红尘，去到一处边远山区定居。这是后话。

据狱中了解情况的同志揭发，其他几个叛徒在私生活上也都不干净，刘国定更是“五毒俱全。”

《报告》还说：“在工作上因为经常检讨（总结经验教训）、（向上级）报告，相对来讲有问题比较容易发现，也有较多改正机会。而对私生活一般不太注意。在对这些问题的处理上却清楚地反映了干部的优劣。”

七、在革命高潮中往往卷进一些投机分子，他们是纸糊的窗户，一戳就破。李忠良是一个典型

在革命高潮中往往卷进一些投机者，这不可避免，也不足为怪。革命队伍能吸引更多的人参加是件好事。问题是在革命过程中，党的组织要对每个参加革命的人，特别是党员干部加强思想教育；每个参加革命的人要自觉改造思想，真正树立革命人生观。地下斗争、武装斗争和监狱斗争是真枪实弹过硬的事，来不得半点虚假。平时有虚假，关键时刻就要大暴露。纸糊的窗户，一戳就破。叛徒李忠良是个小角色，却是投机分子的典型。他本是一个青年学生，追求南开中学一位女同学，但女方却看不上他。在当时进步潮流的推动下，他到华蓥山地区参加革命，做群众工作，想镀一层金，积累一点政治本钱。在乡下表现甚是积极热情，又颇能说会道，被发展入党，甚至当了联络员，了解不少情况。等到武装起义的枪声打响，他就溜了。回到重庆后忙着追女朋友，以下过乡为资本，信口吹牛。为刘国定出卖，一被捕就叛变。关在渣滓洞时，以为别人不知道，他还要吹牛，说："马上就要胜利了，我们要坚持!"有同志气他不过，揍了他，为此打几架。他当然占不了便宜。他向徐远举诉苦说："渣滓洞管理得不好，这样下去连王欻欻（按：象声词，读chua。为四川方言，意近无能、窝囊废）都要关成共产党。"他带着特务四处抓人，当了军统的中尉，又以此为荣，吹起牛来。他在抓人时，对过去的同志穷凶极恶地吼叫："我到处找你，今天看你格老子再跑嘛!"狱中同志们说他，改造成革命者是假的，改造成特务行动员是真的。

八、生活对真正革命者的考验有时是非常残酷的。两个资格最老、职位最高的叛徒蒲华辅、涂孝文便是没有经受住酷刑的考验，"一失足成千古恨"的典型

《报告》说：在监狱里，"毒刑拷打，单凭个人的勇气和肉体的忍耐，

是没法子忍受的。没有坚强的革命意识，没有牺牲个人、贡献革命的思想准备，便不可能通过考验。”大多数同志是经受住了这种考验的。江姐受刑昏死三次，她说：“毒刑拷打是太小的考验。”杨虞裳（下川东地工委委员）在受刑时回答特务说：“我现在是在你们的老虎凳上保卫我们的党。”李青林在万县被捕后，敌人给她一个“下马威”，上老虎凳，当即拗断了腿骨。她仍咬紧牙关，痛骂特务叛徒。许晓轩（被捕前任中共重庆市委青委委员、新市区委书记）坐牢十年，转押各地，一直是狱中各次斗争的主要领导人。1940 年被捕后，他在一张烟盒的内包装纸上写下“宁关不屈”四个字，交探监家属带出。在贵州息烽监狱的一棵核桃树上，他又刻下“先忧后乐”四个字。在白公馆监狱，因《挺进报（白公馆版）》暴露，为掩护同志，他挺身而出，承认是自己写的，被罚重刑、关地牢。许晓轩在牺牲前沉痛地口述他对党组织的“唯一意见”：“希望组织上能够切实研究，深入发现问题的根源。经常注意党内的教育、审查工作，决不能容许任何非党的思想在党内潜伏。”他们的这些嘉言懿行已经成为不朽的传世经典。而两个资格最老、职位最高的干部蒲华辅和涂孝文却没有经受住这种考验。

蒲华辅是十年内战初期的老党员，1930 年曾领导铜梁土桥农民暴动，后来担任川康特委书记，因刘国定、冉益智出卖，1949 年元月在成都被捕。特务当即用酷刑（背“火背篼”）逼供，他熬不过，供出了川康特委其他领导人和国民党军队系统的党员干部，以及与党有密切联系的高层民主人士，造成严重后果。涂孝文曾是党的“七大”代表，后任川东临委副书记兼下川东地工委书记。为冉益智出卖，在万县被捕。特务用棉被蒙着他的头，乱棍毒打。他供出下川东地工委委员杨虞裳、唐虚谷和江姐等 30 多人，后果也十分严重。他们先后被押解到重庆，先在集中营内的杨家山受“优待”，后来关进白公馆。在狱中同志的劝告和教育下，他们拒绝再供人，拒绝参加特务组织，拒绝带特务抓人。最后被敌人公开枪杀在大坪刑场。

客观地讲，蒲华辅、涂孝文与刘国定、冉益智、李文祥、李忠良这几个死心塌地的叛徒有所不同。或许应了一句老话："一失足成千古恨。"但这"失足"所带来的是多少人头落地！连涂孝文自己也承认："在毒刑下不坚强，过失太大，不可原谅。""失足"也不是偶然的。狱中同志对涂孝文的剖析是："为人很小心谨慎，作事也踏实，不遇风浪确实是优秀的，但是在严格的考验下，仍然没有及格。"可见，"以涂的素质来讲是很不够，很不彻底的"。由此，《报告》说：狱中同志"希望组织上对选拔干部，审查干部，培养干部一定要进一步的谨慎和严格"。

从共产党员、领导干部自身来讲，增强党性锻炼，提高政治素质，则必须是自觉地、终身坚持不懈地学习和实践。

1947 年，当反共反人民的内战全面爆发时，几个年轻的共产党员在重庆市区一间斗室内讨论如何迎接这场严峻的历史风暴。他们把讨论的结果写成了一篇千余字的短文《论气节》，用陈然的名义发表在这年的《彷徨》杂志第五期上。文章说：

在平时能安贫乐道，坚守自己的岗位；在富贵荣华的诱惑之下能不动心志；在狂风暴雨袭击之下能坚定信念，而不惊惶失措，以致于临难勿苟免，以身殉真理。

这种精神决不是一朝一夕所能养成的，它需要培养！然以这种培养又不是"修身养性"，用主观的"毅力""决心"之类来驾驭自己的行为所能办到。因为气节并不是建立在情感的基础上，而是建立在高度的理性上。

人总不免有个人的生活欲望，生存欲望。情感是倾向欲望的。当财色炫耀在你的面前，刑刀架在你的颈上，这时你的情感会变得脆弱无比，这时只有高度的理性，才能承担得起考验的重担。

什么是高度的理性呢？

——那就是对世界、对人生的一种正确、坚定而深彻的认识。不让自己的行为违背自己这种认识，而且能坚持到最后，这就是值得崇尚的，一种真正伟大的气节。

陈然他们讲的“高度的理性”，显然是指共产党人的科学世界观和革命人生观。这二者是有区别的，又是相互联系的。如果仅有科学的世界观，那是漂浮无根的清谈；如果仅有革命的人生观，又会落得没有方向，没有蓝图的盲目蛮干。只有二者兼备，统一于一体，才是一个具备良好素质的，能够胜利通过种种严峻考验的革命者、共产党人。

冉益智之流也能冠冕堂皇地讲一番大道理来教训别人；对自己呢，私下里却是另一种尺度。他们是言行不一的伪君子、真小人。陈然等讨论写作《论气节》时，却是对人生世界进行了深彻的思索，不是夸夸其谈地炫耀，而是作为自己的行动准则向党、向人民宣告的。他们用壮烈的牺牲实践了自己的诺言。他们用头颅与热血，在是与非、善良与暴戾、忠贞与变节、崇高与卑下之间，筑起了一座永恒的界碑。

九、狱中同志把大破坏的教训提到路线高度来认识，认为当时川东党组织的领导人是从右摇摆到“左”

狱中同志在讨论中提出“注意路线问题，不要从右跳到‘左’”。这里前半截是指川东地区党组织在贯彻执行“隐蔽”政策中搞右了；后半截是指上下川东三次武装起义搞“左”了。狱中部分同志认为，随着1947年刘邓大军强渡黄河，跃进大别山，解放战争向前发展，川东党组织发动农村武装斗争时，“发生了与原来过右作风相反的过左的盲动作风”。

至于“隐蔽”方针的贯彻执行是否右了，上下川东三次武装起义是否“左”了，至今在当年亲历的老同志中和党史学界还存在不同意见。本文的主旨不在于研究这个历史问题，故此从略。但无论如何“狱中意见”所提出的要注意路线问题，不要左右摇摆，特别是不要以为越左越革命，这一个基本观点很是难能可贵，有着深远教育意义。

十、历史已经为这一段进程做出了公正的裁决，叛徒和特务终于没有逃脱历史的惩处

烈士们牺牲前，强烈要求革命胜利以后，严惩叛徒特务。

被点名要求缉拿直接虐杀革命同志和参加实施大屠杀的特务：毛人凤（军统特务总头子，国民党国防部保密局副局长，直接禀命于蒋介石策划大屠杀）、徐远举（军统西南特区区长、西南长官公署二处处长、破坏中共地下党组织和实施大屠杀的主要主持者）、周养浩（军统西南特区副区长）、雷天元（二处科长）、左志良（二处科长）、张界（二处主任法官）、陆坚如（二处科长）、漆玉麟（二处行动组长）、李磊（渣滓洞监狱看守所长）、徐贵林（渣滓洞监狱管理组长）、白佑生（渣滓洞监狱前训导组长）、陆景清（白公馆监狱所长）、杨进兴（白公馆管理组长）、张鹄（白公馆监狱前所长）。

点名缉拿的叛徒有：刘国定、冉益智、李文祥、李忠良、骆安靖（原上川东地工委委员兼广安工委书记，经刘国定出卖并劝降，供出三个下属组织和7个同志，两人被捕牺牲）。

这些曾经疯狂一时的特务叛徒，除毛人凤和陆景清、雷天元逃往台湾以外，其他人员在新中国成立以后全部捉获。特务中，关进战犯管理所的有徐远举、周养浩；判处死刑的有陆坚如、徐贵林、杨进兴、张鹄；判处死缓的有漆玉麟、张界；走投无路、畏罪自杀的有左志良。叛徒（也是特务）中，刘国定、冉益智、李文祥、李忠良均在1951年初镇反运动中伏法；骆安靖判处死缓，以后多次立功减刑，得以刑满释放，分配了工作。

有三个人后期的情况有点特色，值得介绍一下：

一个是徐远举，本是大破坏、大屠杀的头号屠手。在战犯管理所，从顽固抗拒到认罪伏法，努力改造，写了一本书叫《血手染红岩》，比较真实地写出了特务机关和他本人的主要罪行。1973年病死。

另一个是冉益智。新中国成立后他居然跑到“脱险同志联络处”要

求报到登记，又讲了一套道理，说自己是如何被迫、如何保留了一批党员干部等。当即被识破，喝令他立即向公安机关自首。这一次他的“道理”不灵了。

还有一个是逃亡到台湾的人士，在台湾已弃“特”从商。改革开放后多次返回家乡探亲访友，每次都带许多金戒指作礼物散发，被视为财神，颇受欢迎。无论家乡人是否了解他这段历史，按照新的形势和政策，应该对远方客人给予礼遇，不咎既往。但是，血写的历史是绝对不能抹去的。

十一、烈士们就义前发出的长啸在天地间回荡，切莫将这血泪的嘱托当作过眼烟云

“狱中意见”自面世以来，在社会各阶层广大人民群众中屡屡引起强烈的反响。“八条”之所以如此震撼人心是因为党心民心和烈士的心，灵犀相通，紧密相连。

第一，它具有生动的形象性。八条意见是几百烈士用鲜血和泪水凝铸出来的。“八条”中透映着烈士群体血肉模糊的身影，融化着烈士群体无私奉献和崇高人格的形象。“八条”本身就是一座丰碑。因此特别具有说服力和感染力。

第二，它具有深邃的哲理性。“八条”朴实无华，明白简洁，却内涵丰富，揭示了党内生活和社会生活中许多带规律性的东西，经受了历史的检验，发人深思，促人猛醒。

第三，它具有现实的针对性。50年前烈士留下的遗嘱，好像就是针对今天的现实而言的。一位大连的观众看过“八条”的展出后写道：“革命胜利至今，此八条建议对我们的工作和现实仍特别适用，这难道不该令我们痛心和重视吗?”一位辽宁的观众写道：“这是血的历史经验教训的总结，今天仍须警钟长鸣，否则同样亡党亡国。”“八条”的生命力主要就在于有着强烈的现实针对性。

地下时期，考验共产党员的是生死关、毒刑拷打关、敌人收买关。叛徒们过不了这几关，出卖的是革命，是党的组织，是党员的人头。

执政以后，如今考验共产党员的是名利关、色情关、权力关。腐败分子们也过不了这几关。他们出卖的是社会主义建设和改革开放事业，是党的形象，是党和人民的血肉联系。腐败分子就是新时期共产党的叛徒。

历史终归是无情的。

人们仿佛听见，烈士们在地下发出长啸：切莫将这血泪的嘱托化作了过眼烟云，随风飘去。

忘记过去，就意味着背叛!!!

（胡康民：《狱中意见 警钟长鸣》，载《胡康民党史研究文集》，重庆出版社 2009 年版）

编后记

本书选录了62位烈士的诗文书信遗作，共133篇（首），以烈士牺牲时间先后为序编目。为帮助读者了解这些诗文书信，我们对烈士事迹做了介绍。对涉及的少数人物、事件和词语做了简单注释。

所收诗文书信，均为原文发表（少数采取节录）。对个别影响阅读的错别字或漏字，在原文后面加［ ］以更正或补遗；对无法辨认的文字，以□号代替。

烈士的事迹介绍摘编了部分书籍、报刊和网站发表的资料，均标明了出处，并在此深表谢意。

编　者

2019年3月